L'ESPRIT ET LA PENSÉE

Paru dans Le Livre de Poche :

CETTE LUMIÈRE EN NOUS

LE LIVRE DE LA MÉDITATION ET DE LA VIE

LA PREMIÈRE ET DERNIÈRE LIBERTÉ

LA RÉVOLUTION DU SILENCE

SE LIBÉRER DU CONNU

J. KRISHNAMURTI

L'Esprit et la pensée

TRADUIT DE L'ANGLAIS PAR COLETTE JOYEUX

STOCK

Titre original :

ON MIND AND THOUGHT
Harper San Francisco, 1993.

Pour tous renseignements complémentaires, s'adresser à :

Pour la France :
Association culturelle Krishnamurti
7, rue du Général-Guilhem, 75011 Paris.
Tél. 01 40 21 33 33.
www.krishnamurti.fr.org

Pour la Grande-Bretagne :
Krishnamurti Foundation Trust Ltd.
Brockwood Park, Bramdean, Hampshire,
SO24 OLQ, Angleterre.

Pour les Etats-Unis :
Krishnamurti Foundation of America
PO Box 1560
Ojai, CA 93024 USA.

« L'intelligence n'est pas l'aptitude au maniement habile d'arguments, de concepts, d'opinions contradictoires — comme si les opinions pouvaient donner accès à la découverte de la vérité, ce qui est impossible — mais elle consiste à se rendre compte que la mise en actes de la pensée, en dépit de toutes ses capacités, de ses subtilités, et de l'activité prodigieuse qu'elle ne cesse de déployer, n'est pas l'intelligence. »

Brockwood Park, le 4 septembre 1982

AVANT-PROPOS

Jiddu Krishnamurti naquit en Inde en 1895 et fut pris en charge à l'âge de treize ans par la Société théosophique qui voyait en lui l'« Instructeur du monde » dont elle avait proclamé la venue. Krishnamurti apparut très vite comme un penseur de grande envergure, intransigeant et inclassable, dont les causeries et les écrits ne relevaient d'aucune religion spécifique, n'appartenaient ni à l'Orient ni à l'Occident, mais s'adressaient au monde entier. Répudiant avec fermeté l'image messianique qu'on lui avait attribuée, il prononça à grand fracas la dissolution de la vaste organisation nantie qui s'était constituée autour de sa personne ; il déclara alors que la vérité était un « pays sans chemin », dont l'accès ne passe par aucune religion, aucune philosophie ni aucune secte établie.

Tout au long de sa vie, Kishnamurti rejeta obstinément le statut de gourou que certains voulaient lui faire endosser. Il ne cessa d'attirer un large public dans le monde entier, mais sans revendiquer aucune autorité, sans accepter aucun disciple, s'adressant toujours à ses auditeurs de personne à personne. La base de son enseignement repose sur la ferme conviction que les mutations fondamentales de la société ne peuvent aboutir qu'au prix d'une transformation de la conscience individuelle. L'accent est mis sans relâche sur la nécessité de la connaissance de soi et sur la compréhension des influences limitatives et séparatrices de tout conditionnement d'ordre religieux et nationaliste. Krishnamurti a toujours insisté sur l'impérative nécessité de cette ouverture, de ce « vaste espace dans le cerveau où est une énergie inimaginable ». C'était là, semble-t-il, la source de sa propre créativité et aussi la clé de son impact charismatique sur un auditoire des plus divers.

Krishnamurti continua à s'exprimer publiquement aux quatre coins du monde jusqu'à sa disparition en 1986, à l'âge de quatre-vingt-dix ans. Ses causeries, entretiens et dialogues, son journal et ses lettres ont été rassemblés en un corpus de plus de soixante volumes. La série d'ouvrages à thème dont fait partie le présent ouvrage est une compilation d'extraits de cette œuvre immense que constitue son enseignement. Chaque volume est axé sur un problème dont l'actualité et l'urgence sont en parfaite adéquation avec les préoccupations de notre vie quotidienne.

Seattle, le 23 juillet 1950

La pensée n'est jamais neuve ; la relation, elle, est toujours inédite ; or c'est en s'appuyant sur le passé que la pensée aborde la relation, qui est l'expression même de la vie, du réel, du neuf. Autrement dit, la pensée veut comprendre la relation à la lumière de souvenirs, de schémas, d'un conditionnement issus du passé — d'où le conflit. Pour pouvoir comprendre la relation, nous devons d'abord comprendre tout l'arrière-plan dont hérite le penseur, c'est-à-dire être capables de voir les choses telles qu'elles sont, sans les interpréter en fonction de nos souvenirs, de nos idées préconçues, qui sont le résultat du conditionnement passé.

*

* *

L'activité de la pensée est donc l'écho de cet arrière-plan du passé, des expériences accumulées au fil du temps ; c'est la réponse émanant de la mémoire à différents niveaux — celui de la personne et de la collectivité, celui de l'individu et de l'espèce, celui du conscient et de l'inconscient. Le processus de pensée englobe tout cela. Notre pensée ne peut donc jamais être inédite. Il ne peut y avoir d'idée « neuve », car notre pensée est inapte au renouveau, incapable de fraîcheur : l'écho du passé — le poids du conditionnement, des traditions, des expériences, de tout le capital collectif et individuel que nous avons accumulé — est toujours présent. Lorsqu'on a recours à la pensée comme moyen de découvrir l'inédit, on constate aussitôt la futilité totale de cette démarche. La pensée ne peut découvrir rien d'autre que ses propres projections — et jamais rien de neuf. Elle ne peut identifier que ce qu'elle connaît déjà — pas ce qui sort du cadre de son expérience.

Ces propos n'ont rien de compliqué ni d'abstrait et ne relèvent pas de la métaphysique. Si vous observez les choses de plus près, vous constaterez ceci : tant que l'expérience est vécue par le « je » — qui est l'entité formée de tous ces souvenirs — la découverte de l'inédit est absolument impossible. La pensée, c'est-à-dire le « je », ne pourra jamais faire l'expérience directe de Dieu, car Dieu, ou le réel, c'est l'inconnu, l'inimaginable, l'informulé : il n'a ni nom ni étiquette. Le mot *Dieu* n'est pas Dieu. La pensée ne peut en aucun cas appréhender l'inédit, l'inconnaissable, elle peut uniquement avoir l'expérience du connu ; elle ne peut fonctionner que dans le champ du connu — et pas au-delà. Dès que la pensée songe à l'inconnu, notre esprit s'agite : il voudrait faire entrer l'inconnu dans la sphère du connu. Mais l'inconnu ne peut en aucun cas entrer dans la sphère du connu, d'où ce conflit entre le connu et l'inconnu.

LONDRES, LE 7 AVRIL 1952

Qu'est-ce que penser ? Lorsqu'on dit : « Je pense », que veut-on dire au juste ? Quand sommes-nous conscients de ce processus de la pensée ? Assurément, c'est lorsque nous sommes confrontés à un problème, à un défi, à une question, ou que nous sommes en situation de friction : là, nous en prenons acte en tant que processus conscient. Je vous en prie, ne m'écoutez pas comme un conférencier débitant son discours ! Examinons plutôt, vous et moi, les modes de fonctionnement de notre pensée, qui sont les outils dont nous nous servons dans la vie quotidienne. J'espère donc qu'en ce moment même, vous observez le fonctionnement de votre pensée, au lieu de vous contenter de m'écouter — ce qui est inutile. Nous n'arriverons à rien si vous vous contentez de m'écouter, au lieu d'observer vos propres processus mentaux, au lieu d'être attentif à votre pensée et d'observer comment elle naît, comment elle prend corps. Nous essayons ici, vous et moi, de voir ce qu'il en est de ce processus de la pensée.

La pensée est une réaction, cela ne fait aucun doute. Si je vous pose une question, vous y répondez en fonction de votre mémoire, de vos préjugés, de votre éducation, du climat et de l'environnement dans lequel vous avez baigné et qui participent de votre conditionnement — vous répondez, vous pensez en fonction de tout cela. Si vous êtes chrétien, communiste, hindou ou que sais-je encore, tout cet arrière-plan réagit et répond à travers vous, et c'est évidemment de ce conditionnement que naît le problème. Le noyau central de cet arrière-plan est le « moi » agissant. Tant que cet arrière-plan, ce processus de pensée, ce « moi » qui est à la source du problème n'ont pas été appréhendés, tant qu'il n'y est pas mis fin, nous sommes voués au conflit de toutes parts : en nous, au-dehors, au cœur de nos pensées, de nos émotions et de nos actions. Nulle solution, de quelque ordre que ce soit, si astucieuse, si élaborée soit-elle, ne peut mettre fin au conflit qui dresse l'homme contre son semblable, qui sévit entre vous et moi. Lorsque nous prenons acte de la situation, que nous prenons conscience de la façon dont jaillit la pensée et d'où elle tient sa source, une question s'impose à nous : « La pensée peut-elle jamais prendre fin ? »

C'est effectivement l'un des problèmes, n'est-ce pas ? La pensée peut-elle résoudre nos problèmes ? La réflexion est-elle la clé des problèmes ? A-t-on jamais résolu un problème — qu'il soit d'ordre économique, social ou religieux — en y réfléchissant ? Dans votre vie de tous les jours, plus vous pensez à un problème, plus il devient complexe, hasardeux et flou. La réalité quotidienne de notre existence n'en témoigne-t-elle pas ? Certes, en réfléchissant à certains aspects du problème, on peut envisager plus lucidement le point de vue de l'autre, mais la pensée est incapable d'embrasser de façon globale et complète toute l'étendue du problème, elle ne peut en avoir qu'une vision partielle, or une réponse partielle ne résout pas pleinement le problème : telle n'est donc pas la solution.

Plus on réfléchit à un problème, plus on l'examine, plus on l'analyse, plus on en débat — plus il se complique. Est-il donc possible de le regarder de manière pleine et entière ? Et comment cela est-il possible ? Là réside, à mon sens, notre difficulté majeure. Car nos problèmes ne font que se multiplier — que l'on songe au danger d'une guerre imminente, ou aux perturbations de tous ordres qui affectent nos relations —, comment appréhender tout cela de façon extensive et globale, et en avoir une vue d'ensemble ? Evidemment, le problème ne peut être résolu que si nous pouvons l'embrasser dans sa totalité — et non par fragments isolés. Dans quelles circonstances cela est-il possible ? Cela ne peut évidemment se faire que lorsque ce processus de pensée — qui a sa source dans le « moi », dans l'ego, dans cet arrière-plan de traditions, de conditionnement, de préjugés, d'espoir, de désespoir — a cessé d'exister. Nous est-il possible de comprendre cet ego, non en l'analysant, mais en voyant les choses telles qu'elles sont, en en prenant conscience en tant que fait, et non en tant que théorie — sans faire de la dissolution de l'ego un but en soi, mais en voyant d'un regard lucide les agissements de ce « moi » perpétuellement en action ? Pouvons-nous le regarder, sans le moindre geste susceptible de le détruire ou de l'encourager ? Là est toute la question, n'est-ce pas ? Si, en chacun d'entre nous, il n'y a pas de centre, s'il n'y a plus de « moi » — avec sa soif de pouvoir, de réussite sociale, d'autorité, et cette aspiration à se perpétuer, à se préserver —, c'est la fin assurée de nos problèmes !

L'ego est un problème que la pensée est incapable de résoudre. Il est impératif qu'intervienne une prise de conscience qui ne procède pas de la pensée : il suffit simplement que l'on soit conscient des activités de l'ego, sans les condamner ni les justifier. Car, si votre prise de conscience est orientée vers un objectif — celui de découvrir comment résoudre le problème, ou de vouloir le transformer et obtenir un résultat —, on ne sort toujours pas du cadre de l'ego, du « moi ». Tant que nous courons après un résultat, en tablant sur l'analyse, la vigilance, l'examen successif de chacune de nos pensées, nous restons confinés dans la sphère de la pensée, c'est-à-dire dans la sphère du « moi », du « je », de l'ego.

Rajghat, le 23 janvier 1955

Interlocuteur : Lors de vos causeries, les idées que vous exprimez sont le fruit de votre pensée. Puisque, selon vous, toute pensée est conditionnée, vos idées ne le sont-elles pas, elles aussi ?

Krishnamurti : Que la pensée soit conditionnée, c'est une évidence. La pensée est la réponse de la mémoire à un stimulus, et la mémoire résulte des connaissances antérieures, des expériences acquises, c'est-à-dire d'un conditionnement. Toute pensée est par conséquent conditionnée. Notre interlocuteur s'interroge : « Puisque toute pensée est conditionnée, ce que vous dites ne l'est-il pas aussi ? » C'est vraiment une question fort intéressante, n'est-ce pas ?

Pour pouvoir énoncer certains mots, la mémoire est indispensable, bien sûr. Pour que nous puissions entrer en communication, vous et moi devons connaître l'anglais, le hindi ou une autre langue qui nous soit commune. Or la connaissance d'une langue n'est autre que la mémoire. Cela est un premier point. Quant à l'esprit de l'orateur — mon propre esprit, donc —, fait-il simplement usage de mots à des fins de communication, ou est-il impliqué dans un mouvement de remémoration ? Sommes-nous en présence d'une mémoire qui ne serait pas seulement la mémoire des mots, mais aussi la mémoire d'un autre processus, et l'esprit se sert-il des mots pour transmettre cet autre processus ? C'est réellement un problème très intéressant, pour peu qu'on aille au fond des choses.

Le conférencier dispose en fait d'un stock d'informations, de connaissances, qu'il dispense à son auditoire : tout cela est de l'ordre de la mémorisation. Il a accumulé, lu, rassemblé certaines notions ; il s'est forgé certaines opinions qui concordent avec son conditionnement, ses préjugés, puis il se sert du langage pour les communiquer. C'est un processus banal que nous connaissons tous. Ce qui se passe ici est-il du même ordre ? C'est précisément ce que veut savoir l'interlocuteur qui nous interpelle. Il dit en effet : « Si vous ne faites rien d'autre que vous remémorer vos expériences, et transmettre ces souvenirs, dans ce cas ce que vous dites est conditionné » — ce qui est vrai.

Cette problématique est très intéressante, car elle permet de révéler ce qu'est le processus de l'esprit. Si vous observez votre propre esprit, vous verrez de quoi je parle. L'esprit est le résidu de la mémoire, de l'expérience, du savoir : ce résidu est sa source d'expression ; l'esprit hérite d'un certain arrière-plan — et, lorsqu'il communique, il se fait l'écho de cet arrière-plan. Notre interlocuteur veut savoir si l'orateur ici présent s'appuie sur ce même arrière-plan — auquel cas il ne fait rien d'autre que répéter — ou s'il s'exprime sans que joue la mémoire des expériences antérieures — auquel cas les propos qu'il tient et l'expérience qu'il vit sont simultanés. En fait, vous n'observez pas votre propre esprit. Explorer le processus de la pensée est une affaire délicate, c'est comme d'observer au microscope une chose vivante. Si vous n'êtes pas attentif à votre propre esprit, vous êtes comme un observateur extérieur regardant les joueurs évoluer à distance sur le terrain de jeu. Mais si nous nous livrons tous à une observation réelle de notre esprit, alors cela aura une portée immense.

Si l'esprit veut faire partager, à travers les mots, une expérience qu'il se remémore, alors il va de soi que cette expérience mémorisée est conditionnée — ce n'est pas une chose vivante, une chose qui bouge. Parce qu'elle est liée au souvenir, elle appartient au passé. Tout savoir est de l'ordre du passé, n'est-ce pas ? Le savoir ne peut jamais être de l'ordre de l'instant, il est toujours enraciné dans le passé. Notre interlocuteur veut savoir si l'orateur se contente de puiser à la source du savoir, pour vous le dispenser ensuite. Si tel est le cas, ce qu'il cherche à transmettre est conditionné car tout savoir procède du passé. Le savoir est statique ; on peut certes l'enrichir, mais ce n'en est pas moins une chose morte.

Est-il possible, plutôt que de transmettre le passé, de faire partager l'immédiateté de l'expérience, de la vie ? Il est assurément possible d'être en état d'expérience directe, sans réaction conditionnée face à l'expérience, et d'utiliser des mots pour faire partager non pas le passé, mais la chose vivante directement vécue à l'instant même.

Quand vous dites à quelqu'un : « Je vous aime », l'expérience à partager est-elle de l'ordre du souvenir ? Non : vous avez, certes, eu recours aux mots habituels : « Je vous aime » ; mais cet échange est-il de l'ordre du souvenir, ou est-ce au contraire une réalité vraie que vous voulez faire partager ? Cela revient en fait à se demander si l'esprit peut cesser d'être un mécanisme d'accumulation, une machine à engranger puis à répéter ce qu'elle a appris.

I. : La mort me terrifie. Puis-je cesser d'avoir peur de l'anéantissement inéluctable ?

K. : Pourquoi considérez-vous comme un fait acquis que la mort soit ou bien un anéantissement ou bien une continuité ? Ces conclusions sont l'une comme l'autre l'expression d'un désir conditionné, n'est-ce pas ? L'homme qui est en proie au malheur, à la détresse, à la frustration, dira : « Dieu merci, tout cela va bientôt s'achever, je n'aurai plus à m'inquiéter » : il aspire à l'annihilation totale. Mais celui qui dit : « Je n'en ai pas tout à fait terminé, cela ne me suffit pas », espère en une continuité.

Pourquoi l'esprit fait-il tant de suppositions au sujet de la mort ? Nous allons explorer sans plus tarder la question de savoir pourquoi il en a si peur, mais, pour commencer, libérons notre esprit de toute idée préconçue à propos de la mort car, de toute évidence, ce n'est qu'à cette condition que l'on peut comprendre ce qu'elle est. Si vous croyez en la réincarnation, qui consiste à espérer en une forme de continuité, jamais vous ne comprendrez ce qu'est la mort — pas plus que si vous êtes un matérialiste, un communiste, convaincu que la mort n'est autre que l'anéantissement total. Pour comprendre ce qu'il en est de la mort, l'esprit doit être libre de toute croyance — que ce soit en la continuité ou en l'anéantissement — et il ne s'agit pas là d'une réponse illusoire. Si vous voulez comprendre une chose, quelle qu'elle soit, vous ne devez pas l'aborder en ayant déjà tiré d'avance vos conclusions. Si vous voulez savoir ce qu'est Dieu, il ne faut pas avoir de conclusion toute faite sur la question, mais s'abstenir de tout *a priori*, et ouvrir les yeux. Si l'on veut savoir ce qu'est la mort, l'esprit doit être exempt de toute idée préconçue dans un sens ou dans un autre. Votre esprit peut-il s'abstenir de toute conclusion ? Et s'il en est exempt, la peur existe-t-elle encore ? Ce sont, bien sûr, les idées préconçues qui suscitent la peur, avec pour corollaire l'invention de théories philosophiques.

J'aimerais volontiers jouir de quelques existences de plus, pour pouvoir achever ma tâche, pour atteindre la perfection : la philosophie de la réincarnation répond à mon attente. Et je dis : « Oui, je vais renaître, une nouvelle chance me sera offerte », et ainsi de suite. Mon désir de continuité m'incite à créer une philosophie ou à adhérer à une croyance qui devient un système emprisonnant l'esprit. A l'opposé, si je n'ai plus envie de vivre parce que l'existence est trop douloureuse pour moi, je me tourne vers une philosophie qui m'assure d'un anéantissement total. C'est un fait, une évidence toute simple.

Mais si l'esprit est libre par rapport à l'une et l'autre de ces attitudes, dans quel état est-il alors face à ce fait que nous appelons la « mort » ? Si l'esprit est sans *a priori,* la mort existe-t-elle ? Nous savons qu'une machine s'use avec le temps. L'organisme de X peut durer cent ans, il s'use néanmoins. Ce n'est pas cet angle-là de la question qui nous intéresse. En revanche, sur un autre plan, intérieur, psychologique, nous voudrions que le « je » persiste — or ce « je » est pétri de conclusions, n'est-ce pas ? L'esprit nourrit une somme d'espoirs, de déterminations, de souhaits, de conclusions : « Je suis arrivé », « Je veux continuer à écrire », « Je veux trouver le bonheur » — et il voudrait que ces conclusions perdurent, c'est pourquoi il appréhende tant leur fin définitive. Mais si l'esprit est dépourvu de toute conclusion, s'il ne dit pas : « Je suis quelqu'un », « Je veux que mon nom et ce qui m'appartient se perpétuent », « Je veux me réaliser à travers mon fils » — et autres désirs ou conclusions de ce genre —, l'esprit n'est-il pas alors perpétuellement en train de mourir ? Pour un tel esprit, la mort existe-t-elle ?

N'acquiescez pas. Il n'est pas ici question d'accord ou de simple logique, mais d'expérience réelle. Si vous perdez votre femme, votre mari, votre sœur ou vos biens, vous vous apercevrez très vite à quel point vous vous accrochez au connu. Mais, lorsqu'il est libéré du connu, l'esprit ne se confond-il pas alors avec l'inconnu ? En définitive, ce qui nous fait peur, c'est de quitter le connu, c'est-à-dire notre capital de conclusions, de jugements, de comparaisons, tout ce que nous avons accumulé. Je connais ma femme, ma maison, ma famille, mon nom. J'ai cultivé certaines pensées, certaines expériences ou certaines vertus, et j'ai peur de me séparer de tout cela. Tant que l'esprit restera pétri de conclusions, sous quelque forme que ce soit, tant qu'il sera pris dans un système, un concept, une formule, jamais il ne pourra connaître la vérité. Un esprit qui croit est un esprit conditionné, et, qu'il croie en la continuité ou en l'anéantissement, il ne peut jamais découvrir ce qu'est la mort. Or c'est seulement maintenant, tant que vous êtes en vie, et pas lorsque vous serez plongé dans l'inconscience de l'agonie, que vous pouvez découvrir la vérité sur cette chose extraordinaire qu'on appelle la mort.

RAJGHAT, LE 6 FÉVRIER 1955

Il est essentiel de comprendre notre processus de pensée dans sa globalité et ce n'est pas dans l'isolement que peut se faire cette compréhension. Vivre dans l'isolement absolu, cela n'existe pas. La compréhension de notre processus de pensée advient lorsque nous nous observons tels que nous sommes dans nos relations quotidiennes, dans nos prises de position, nos croyances, notre manière de nous exprimer, notre attitude envers les autres, la façon dont nous traitons mari, femme ou enfants. La relation est le miroir révélateur de nos modes de pensée. La vérité est dans la relation même, et non à l'écart de celle-ci. Vivre dans l'isolement absolu est impossible. Certes, on peut se couper de diverses formes de contact physique, mais l'esprit, lui, reste relié. L'existence même de l'esprit suppose qu'il y ait relation, et la connaissance de soi consiste à voir tels qu'ils sont les faits liés à la relation, sans rien inventer, condamner ou justifier. La relation donne à l'esprit l'occasion d'évaluer, de juger, de comparer ; il réagit aux défis qui se présentent en fonction de diverses formes de mémoire, et c'est cette réaction qu'on appelle la pensée. Il suffit simplement que l'esprit prenne conscience de tout ce processus, et l'on constate une immobilisation de la pensée. L'esprit est alors très tranquille, immobile et silencieux, sans mobile ni mouvement dans quelque direction que ce soit, et c'est dans la tranquillité de ce silence qu'éclôt l'ultime réalité.

Ojai, le 21 août 1955

Interlocuteur : La fonction de l'esprit est de penser. J'ai passé bon nombre d'années à réfléchir à tous ces univers qui nous sont familiers — les affaires, la science, la philosophie, la psychologie, les arts, etc. — et ces temps-ci, je pense énormément à Dieu. Les témoignages de nombreux mystiques et écrivains religieux m'ont convaincu de l'existence de Dieu, et je suis en mesure d'apporter ma part de réflexion sur ce sujet. Qu'y a-t-il de mal à cela ? Réfléchir sur Dieu ne nous aide-t-il pas à faire éclore la prise de conscience de Dieu ?

Krishnamurti : Mais peut-on *penser* à Dieu ? Et peut-on se convaincre de l'existence de Dieu par la seule lecture de témoignages allant dans ce sens ? L'athée a lui aussi ses témoignages concluants ; il a probablement étudié tout autant que vous, et il affirme que Dieu n'existe pas. Vous croyez que Dieu existe, alors qu'il est convaincu du contraire : en fait, vous adhérez tous les deux à une croyance, vous consacrez tous les deux votre temps à penser à Dieu. Mais, avant de penser à quelque chose que l'on ne connaît pas, il faut d'abord savoir ce qu'est la pensée, ne croyez-vous pas ? Comment vous est-il possible de penser à quelque chose dont vous ignorez tout ? Vous pouvez, certes, avoir lu la Bible, la Baghavad Gîta, ou d'autres livres dans lesquels des spécialistes érudits ont habilement décrit ce qu'est Dieu, affirmant telle chose et réfutant telle autre. Mais tant que vous ne connaîtrez pas le processus de votre propre pensée, la notion que vous avez de Dieu risque d'être stupide et étroite — c'est généralement le cas. Vous pouvez rassembler beaucoup de témoignages en faveur de l'existence de Dieu et écrire à ce sujet des articles astucieusement tournés. Alors qu'assurément, la première question à se poser est : comment savoir si ce que vous pensez est vrai ? Et la pensée peut-elle susciter l'expérience de l'inconnaissable ? Rien ne vous oblige, sentimentalement, émotionnellement parlant, à avaler toutes sortes d'inepties à propos de Dieu.

L'essentiel n'est-il pas de découvrir si votre esprit est conditionné, plutôt que d'aller à la recherche d'un absolu vierge de tout conditionnement ? Assurément, si votre esprit est conditionné, ce qui est effectivement le cas, quelle que soit l'intensité de sa recherche quant à l'authenticité de Dieu, les connaissances et les informations qu'il va rassembler ne peuvent que coïncider avec son conditionnement. Il en résulte que toute votre réflexion à propos de Dieu n'est que perte de temps et spéculations dénuées de valeur. C'est comme si je rêvais d'être en haut de la montagne, alors que je suis assis là parmi vous. Si je veux vraiment découvrir ce qu'il y a là-haut, au sommet, et au-delà, je dois d'abord m'y rendre. Rester là à spéculer, à construire des temples, des églises, et à m'exciter à leur sujet — cela ne sert à rien. Je dois me lever, me mettre en marche, lutter sans rechigner, aller sur place, chercher et trouver. Mais comme nous ne sommes généralement pas disposés à faire cette démarche, nous nous contentons de rester affalés là, et de spéculer sur une chose dont nous ignorons tout. Je le dis tout net : les spéculations de ce genre sont sans intérêt, elles ne sont qu'un handicap pour l'esprit, elles ne font que le détériorer, et ajouter encore à la confusion et à la souffrance des hommes.

Dieu ne peut faire l'objet d'aucun discours, d'aucune description, il ne peut être mis en mots car il doit à jamais demeurer inconnu. Dès que le processus de reconnaissance entre en jeu, on retombe dans le domaine de la mémoire. Disons, par exemple, que vous faites l'expérience fugitive de quelque chose d'extraordinaire : à ce moment précis, il n'y a pas de penseur disant : « Il faut que je m'en souvienne » — il n'y a rien d'autre que le vécu de l'expérience. Mais dès que cet instant est révolu, le processus de reconnaissance se met en route. L'esprit dit : « Je viens de vivre une expérience merveilleuse, comme j'aimerais la revivre. » C'est ainsi que commence le combat pour le « toujours plus ». L'instinct d'acquisition, la quête possessive d'un « plus » se manifestent pour diverses raisons : parce que cela nous procure du plaisir, du prestige, cela nous confère un savoir, une autorité, et autres absurdités du même ordre.

L'esprit court après ce qu'il a déjà vécu ; or

cette expérience est déjà révolue, elle est morte, à jamais enfuie. Pour découvrir *ce qui est*, l'esprit doit mourir à tout ce qu'il a déjà connu, déjà vécu. Mais il s'agit là d'une chose que l'on ne peut ni cultiver jour après jour, ni engranger, ni accumuler, ni s'approprier pour pouvoir ensuite parler d'elle, ou écrire sur elle. Une seule chose est en notre pouvoir : constater que l'esprit est conditionné et, grâce à la connaissance de soi, comprendre le processus de notre propre pensée. Je dois savoir qui je suis — pas tel que j'aimerais être dans l'idéal, mais tel que je suis dans les faits — que je sois quelqu'un de bien ou de moche, que je sois jaloux, envieux ou possessif. Mais il est extrêmement difficile de voir ce que l'on est sans vouloir y changer quelque chose, et ce désir même n'est qu'une autre facette du conditionnement ; nous passons ainsi d'une forme de conditionnement à une autre, sans que les expériences que nous vivons aillent jamais au-delà d'un champ étroitement limité.

I. : Je vous écoute depuis de nombreuses années, et j'arrive assez bien à observer mes propres pensées, et à être attentif à tout ce que je fais. Pourtant jamais je n'ai atteint ces eaux profondes ni connu cette transformation dont vous parlez. Pourquoi ?

K. : Pourquoi aucun d'entre nous ne va-t-il au-delà de la simple observation ? La raison en est, je crois, relativement claire. Il peut nous arriver d'être dans un état émotionnel où, en de rares instants, il nous soit donné d'entrevoir, dirons-nous, la clarté du ciel entre les nuages, mais ce n'est pas à cela que je fais allusion. Ces expériences sont éphémères et sans grande importance. Notre interlocuteur voudrait savoir pourquoi, après tant d'années d'intense observation, il n'a pas abordé les eaux les plus profondes. Pourquoi le faudrait-il ? Est-ce que vous comprenez ? Vous croyez qu'en observant attentivement vos propres pensées, vous serez récompensé : si vous faites *ceci*, vous obtiendrez *cela*. En fait, vous n'observez pas du tout, car votre esprit s'intéresse avant tout à l'obtention de la récompense. Vous croyez qu'en observant avec vigilance, vous serez plus aimant, vous souffrirez moins, vous serez moins irritable, vous irez plus loin : votre vigilance est une forme de marchandage. Une *monnaie d'échange* qui vous permet d'acheter tel *objet*, ce qui signifie que votre démarche d'observation est un processus de choix délibéré — ce n'est donc ni de l'observation ni de l'attention véritables. Observer vraiment, c'est observer sans choix privilégié, c'est se regarder sans vouloir se changer — et c'est très difficile ; cela ne signifie pas pour autant que vous allez rester dans votre état actuel. Ce qui se passera si vous vous voyez tel que vous êtes sans vouloir modifier ce que vous voyez — vous l'ignorez.

Je vais prendre un exemple et le développer, et vous verrez. Admettons que je sois violent, comme la plupart des individus. Notre culture est globalement violente, mais je ne vais pas m'appesantir pour l'instant sur l'anatomie de la violence, car ce n'est pas le problème qui nous occupe à présent. Donc, je suis violent et je m'en rends compte. Que se passe-t-il ? J'ai pour réaction immédiate de vouloir remédier à cette situation, n'est-ce pas ? Je me dis qu'il faut devenir non violent. C'est ce que nous disent depuis des siècles tous les chefs religieux sans exception : si l'on est violent, il faut cesser de l'être. Je pratique donc la non-violence, je me conforme à tous les préceptes idéologiques. A présent, je me rends compte à quel point cette attitude est absurde : en effet l'entité qui observe la violence et souhaite la transformer en non-violence reste toujours violente. Donc, au lieu de m'occuper de l'expression de cette entité, je m'intéresse à l'entité elle-même.

Quelle est cette entité qui dit : « Je dois bannir la violence » ? Est-elle différente de la violence qu'elle a décelée en elle-même ? Est-on en présence de deux états distincts ? Assurément, la violence et l'entité qui dit : « Je dois changer la violence en non-violence » ne font qu'un. N'est-il pas vrai que reconnaître ce fait, c'est mettre fin à tout conflit ? Le conflit né du désir de changer les choses cesse d'exister, car je vois que le mouvement dans lequel l'esprit tend vers la non-violence résulte de la violence elle-même.

Notre interlocuteur veut savoir pourquoi il demeure impuissant à dépasser toutes ces querelles superficielles de l'esprit. La raison en est tout simplement que, consciemment ou inconsciemment, l'esprit est toujours en quête de quelque chose, et c'est cette quête même qui suscite la violence, la compétition et ce sentiment d'insatisfaction totale. Il faut que l'esprit soit parfaitement calme et silencieux pour qu'il soit possible d'aborder ces eaux profondes.

Rajghat, le 25 décembre 1955

Interlocuteur : La question qui se pose est la suivante : où finit la pensée et où commence la méditation ?

Krishnamurti : Voyons donc cela. Où finit la pensée ? N'allons pas trop vite. En ce moment, j'explore la nature de la pensée, et je dis cette exploration même est la méditation authentique. Mais cela ne se fait pas en deux temps, dont le premier serait l'interruption de la pensée et le second le début de la méditation. Accompagnez-moi pas à pas. Si je parviens à découvrir en quoi consiste la pensée, plus jamais je ne demanderai ce qu'est la méditation, car la méditation est au cœur même de ce processus de découverte de la pensée.

Lors de cette démarche d'exploration de la pensée, je dois mobiliser une attention totale, qui doit s'exercer sans effort ni friction ; car dans l'effort et la friction, la distraction s'insinue. Si je suis vraiment déterminé à découvrir de quoi est faite la pensée, *ce questionnement même* suscite une attention étrangère à toute déviation, à tout conflit, à tout sentiment d'une obligation à être attentif.

BOMBAY, LE 28 FÉVRIER 1965

Ecoutez bien ce que j'ai à vous dire. Ecoutez vraiment, tandis que je vous parle. Ne préméditez rien, mais écoutez vraiment, là, maintenant. Soyez attentif à tout : aux arbres, à ce palmier, au ciel ; au meuglement des vaches, à la lumière sur le feuillage, à la couleur de ce sari, à ce visage, plongez ensuite votre regard en vous-même. On peut observer, avoir une conscience sans choix des choses extérieures — c'est très facile. Mais entrer dans son propre univers intérieur et prendre conscience de ce qui s'y joue, sans condamnation, sans justification ni comparaison, est chose plus ardue. Soyez simplement conscient de ce qui se passe en vous — aussi bien de vos croyances, de vos peurs, de vos dogmes, de vos espoirs et de vos frustrations, que de vos ambitions et de tout le reste. Alors le conscient et l'inconscient commencent à se dévoiler. Mais pour cela, vous devez vous abstenir d'agir.

Il faut simplement prendre conscience des choses sans rien condamner, sans rien forcer, sans chercher à changer ce dont vous prenez conscience. Ce dont vous serez alors témoin ressemble à la marée montante. La montée de la marée est irrésistible : rien — ni un mur ni quoi que ce soit d'autre — ne peut entraver sa formidable énergie. De même, si vous êtes attentif sans choix ni exclusion, l'ensemble du champ de la conscience commence à se déployer sous ce regard. Et à mesure qu'il se révèle, on doit suivre le mouvement ; et cela devient extrêmement difficile, en ce sens qu'il faut suivre le mouvement de chaque pensée, de chaque sentiment, de chaque désir secret. Les choses deviennent difficiles dès l'instant où vous résistez, dès l'instant où vous dites : « Cette chose-là est hideuse », « Celle-ci est bonne », « Cette autre est mauvaise », « Je vais garder ceci et rejeter cela ».

Vous commencez donc par le plan extérieur, pour passer ensuite au plan intérieur. Vous vous apercevrez alors, en abordant le plan intérieur, que les deux plans — extérieur et intérieur — ne sont pas dissociés, et que la prise de conscience de l'univers extérieur et celle de notre univers intérieur sont identiques. Vous constaterez alors que vous vivez dans le passé, qu'il n'y a jamais dans votre existence un seul instant de vie authentique, un seul instant où il n'y aurait plus ni passé ni futur — autrement dit un seul instant réel. Vous découvrirez que vous vivez perpétuellement dans le passé, dans le souvenir — souvenir de ce que vous éprouviez, de ce que vous étiez, si intelligent, si bon, si mauvais. Tels sont les souvenirs, la mémoire. Il vous faut donc comprendre la mémoire, il ne faut pas la renier, ni étouffer ou fuir les souvenirs. Celui qui a fait vœu de célibat, par exemple, s'accroche au souvenir de ce vœu et, lorsqu'il prend ses distances avec ce souvenir, il se sent coupable et toute son existence en est comme étouffée.

Vous commencez à être attentif à tout et c'est ainsi que votre sensibilité s'affine : en étant à l'écoute, attentif non seulement au monde extérieur, aux gestes extérieurs, mais aussi à ce qui est en vous, à cet esprit qui regarde et qui, par conséquent, ressent — et lorsque vous exercez ainsi une attention sans choix, tout effort est alors absent. Il est essentiel de comprendre ce point.

EXTRAIT DE *LA RÉVOLUTION DU SILENCE*

La sexualité est-elle le produit de la pensée ? La sexualité — et le plaisir, la jouissance, la proximité, la tendresse qui y sont associés — est-elle l'évocation d'un souvenir renforcé par la pensée ? Dans l'acte sexuel, on s'oublie, on s'abandonne, on a l'impression que la peur, l'angoisse, les soucis de la vie cessent d'exister. On se souvient de cet état de tendresse et d'oubli de soi, on a envie qu'il revienne, on rumine ces souvenirs, en somme, jusqu'à la prochaine occasion. Est-ce véritablement de la tendresse, ou n'est-ce en fait que la remise en mémoire de quelque chose de révolu, que la répétition, espère-t-on, nous permettra de capturer de nouveau ? Mais toute répétition — y compris celle d'une chose agréable — n'est-elle pas un processus destructeur ?

Le jeune homme retrouva soudain tous ses moyens d'expression : « L'acte sexuel est une nécessité biologique, comme vous l'avez dit vous-même, et, s'il est destructeur, alors l'acte de manger ne l'est-il pas aussi, car c'est aussi un besoin physiologique ? »

Si l'on mange quand on a faim, c'est une chose. Mais si l'on a faim et que notre pensée nous dit : « Ce qu'il me faut, c'est telle saveur, tel type de nourriture », là, c'est autre chose, là, la pensée entre en jeu, et c'est cela qui constitue une répétition destructrice.

« Mais en matière de sexualité, comment distinguer la nécessité biologique — comme la faim — du besoin psychologique — comme la gourmandise ? » demanda le jeune homme.

Pourquoi faites-vous une distinction entre le besoin d'ordre physiologique et la demande d'ordre psychologique ? Cela nous amène à une autre question, tout à fait différente : pourquoi dissociez-vous l'acte sexuel de l'acte de contempler la splendeur d'une montagne ou la beauté d'une fleur ? Pourquoi accordez-vous une immense importance à l'un alors que vous négligez complètement l'autre ?

« Si le sexe et l'amour sont deux choses différentes, comme vous semblez le suggérer, est-il dans ce cas vraiment nécessaire de s'impliquer dans une activité sexuelle ? » demanda le jeune homme.

Nous n'avons jamais dit que l'amour et le sexe étaient deux choses différentes. Ce que nous avons dit, c'est que l'amour est un tout qu'il ne faut pas fragmenter, et que la pensée, elle, de par sa nature même, est fragmentaire. Quand la pensée domine, il n'y a pas d'amour — c'est une évidence. En général, l'homme ne connaît qu'une seule forme de sexualité, celle qui est liée à la pensée, qui consiste à ressasser l'idée du plaisir et de sa répétition. D'où cette question qui s'impose à nous : existe-t-il une forme de sexualité qui ne soit pas de l'ordre de la pensée ou du désir ?

Le *sannyasi* avait écouté, calme et attentif. Il dit alors : « J'ai résisté au sexe, j'ai fait vœu d'y renoncer, parce que la tradition et la raison m'ont toutes deux montré l'immense somme d'énergie qui est nécessaire pour mener à bien une existence vouée à la religion. Je vois à présent l'énorme capital d'énergie qu'engloutit ce genre de résistance. J'ai gaspillé plus de temps et d'énergie à résister au sexe qu'à l'aborder. Je comprends maintenant ce que vous avez dit — que tout conflit n'est que gaspillage d'énergie. Le conflit et la lutte émoussent notre énergie bien plus que la contemplation d'un visage de femme — et sans doute bien plus que la sexualité elle-même. »

L'amour existe-t-il sans le désir, sans le plaisir ? Le sexe existe-t-il sans le désir, sans le plaisir ? Existe-t-il un amour qui soit un, qui échappe à toute intrusion de la pensée ? La sexualité est-elle une chose qui appartient au passé, ou une chose perpétuellement nouvelle ? La pensée est de toute évidence très ancienne, nous comparons donc toujours l'ancien et le nouveau. Nous nous posons des questions qui découlent d'un contexte passé, et nous voulons des réponses en termes de passé. Et quand nous cherchons à savoir s'il existe une sexualité échappant à tout ce mécanisme de la pensée qui agit, qui opère, n'est-ce pas là le signe que nous ne sommes pas dégagés de ce passé ? Nous sommes tellement conditionnés par le passé que nous ne trouvons pas le chemin vers le neuf. Nous avons dit que l'amour était un tout indissociable, et perpétuellement neuf — neuf ne signifiant pas diamétralement opposé au passé, car dans ce cas-là on reste dans le cadre du passé. Affirmer qu'il existe une sexualité d'où le désir est absent ne veut strictement rien dire ; en revanche, si vous avez bien saisi la pleine signification de la pensée, peut-être ferez-vous la rencontre de cette autre chose. Mais si ce que vous voulez, c'est la satisfaction à tout prix de votre plaisir, alors l'amour n'existera pas pour vous.

Le jeune homme dit alors : « Ce besoin physiologique dont vous avez parlé correspond précisément à cette demande, car ce besoin, bien qu'étant différent de la pensée, engendre celle-ci. »

« Je peux peut-être répondre à notre jeune ami, dit le *sannyasi*, car tout cela, je l'ai vécu. Je me suis entraîné des années à ne pas lever les yeux sur une femme. J'ai impitoyablement refoulé les exigences du corps. Le besoin physiologique n'engendre pas la pensée : c'est la pensée qui s'empare du désir et l'utilise, c'est elle qui, à partir de lui, fabrique des images, des représentations — le désir devient alors l'esclave de la pensée. La plupart du temps, c'est la pensée qui engendre le désir. Comme je l'ai dit, je commence à déceler la nature et l'ampleur extraordinaire de nos propres mensonges, de notre malhonnêteté. Il y a en nous beaucoup d'hypocrisie. Nous sommes incapables de voir les choses telles qu'elles sont ; c'est toujours sous un jour illusoire que nous les voyons. Mais vous, monsieur, ce que vous nous dites, c'est de porter sur toute chose un regard lucide, sans faire intervenir les souvenirs d'hier ; vous l'avez si souvent répété au cours de vos causeries ! Alors, la vie cesse d'être problématique. C'est seulement maintenant que je suis vieux que je commence à prendre conscience de tout cela. »

Le jeune homme n'avait pas l'air tout à fait satisfait. Il voulait que la vie coïncide avec ses propres conceptions, avec la formule qu'il avait soigneusement élaborée.

Voilà pourquoi il est si important de se connaître soi-même — mais pas à la lumière d'une formule ou selon les préceptes d'un gourou. Cette perpétuelle vigilance sans choix met fin à toute illusion, à toute hypocrisie.

Il pleuvait maintenant à torrents. Pas un souffle de vent, seul le fracas de la pluie sur le toit et sur le feuillage venait rompre le silence.

Saanen, le 23 juillet 1970

Nous devons aussi chercher à savoir quelle est la fonction de la pensée, quelles en sont la signification, la nature, la structure, car il se peut que ce soit la pensée qui divise : en effet, pour trouver la réponse par la voie de la réflexion et de la raison, la pensée va inévitablement traiter chaque problème séparément, et tâcher de trouver une réponse qui soit en conformité avec sa propre nature. Pourquoi avons-nous toujours tendance à résoudre isolément nos problèmes, comme s'il n'existait aucun lien entre eux ? Certains souhaitent l'avènement d'une révolution matérielle qui renverserait l'ordre social au profit d'un ordre meilleur, et ils oublient l'aspect essentiellement psychologique de la nature humaine. Pourquoi ? C'est ce qu'il faut se demander. Mais lorsqu'on pose la question, quel genre de réponse obtient-on ? Est-ce une réponse conforme à la pensée ? Ou est-ce une réponse qui témoigne d'une compréhension de l'existence humaine et de sa structure, saisies dans leur totalité, et dans toute l'ampleur de leurs dimensions ?

Je tiens à savoir pourquoi cette division existe. Nous avons, en diverses occasions, déjà exploré cette question, que nous avons formulée en termes d'observateur et d'observé : oublions cela, faisons-en abstraction, et abordons le problème d'une autre manière. La pensée est-elle responsable du clivage en question ? Et si nous découvrons que tel est bien le cas, et que la pensée essaye de trouver des solutions isolées à des problèmes particuliers, il en résulte que chaque problème demeure isolé par rapport aux autres. Sommes-nous, vous et moi, sur la même longueur d'onde ? N'acquiescez surtout pas ; ce qui compte, ce n'est pas votre approbation, mais le fait que vous éprouviez par vous-même la véracité ou la fausseté de mes propos, au lieu d'y souscrire d'emblée — il ne faut jamais, en aucune circonstance, prendre pour parole d'évangile ce que dit l'orateur. Toute forme d'autorité est exclue lorsque nous évoquons ensemble de tels sujets ; nul ne détient l'autorité, ni vous ni l'orateur. Nous explorons, nous observons, nous regardons, nous apprenons de concert, il n'est donc pas question d'accord ou de désaccord.

La pensée, de par sa nature et sa structure mêmes, ne divise-t-elle pas notre existence en une myriade de problèmes ? Voilà ce qu'il nous faut découvrir. Mais si, pour trouver la réponse à cette question, c'est sur la pensée que nous nous appuyons, cette réponse ne sera jamais qu'une réponse isolée, et donc source de confusion et de malheurs accrus. Nous devons donc en premier lieu découvrir par nous-mêmes — et ce, librement, sans aucun préjugé ni aucune conclusion toute faite — si oui ou non la pensée fonctionne de cette façon-là. Car dans la plupart des cas, nous nous efforçons de trouver la réponse sur le mode intellectuel, émotionnel ou « intuitif ». Lorsqu'on emploie le mot *intuition*, il faut être extrêmement prudent, car ce mot est porteur de tellement d'illusions. Nos intuitions peuvent être l'expression de nos espoirs, de nos craintes, de notre amertume, de nos attentes, de nos souhaits, il faut donc se méfier de ce mot et ne jamais y recourir. Nous essayons donc de trouver une réponse sur le mode intellectuel ou émotionnel, comme si l'intellect était distinct de l'émotion, et l'émotion différente de la réaction physique, et ainsi de suite. Et étant donné que toute notre éducation, toute notre culture se fondent sur cette approche intellectuelle de la vie, toutes nos philosophies ont pour fondement des concepts intellectuels, qui ne sont que des stupidités. Toutes nos structures sociales sont fondées sur cette division, et il en va de même pour notre morale.

Si la pensée divise, comment s'y prend-elle donc ? Ne considérez pas la question à la légère, observez vraiment en vous-même. C'est beaucoup plus excitant, et vous verrez quelle découverte extraordinaire vous allez faire — et ce, par vos propres moyens. Vous deviendrez votre propre lumière, vous serez un être humain à part entière, vous ne demanderez plus à quiconque ce qu'il convient de faire, ce qu'il convient de penser, comment il faut penser.

Est-il exact que la pensée divise ? Mais qu'est-ce au juste que la pensée ? La pensée peut être extraordinairement raisonnable, elle est capable d'un raisonnement suivi, elle a besoin de raisonner de façon logique, objective, saine, car elle doit fonctionner de manière parfaite, sans entraves ni conflits, à la manière d'un ordinateur. La raison est nécessaire, la rectitude de pensée fait partie de l'aptitude à raisonner. Mais en quoi consiste l'activité mentale : qu'est-ce que la pensée ?

La pensée peut-elle jamais être fraîche et neuve ? Car chacun des problèmes que nous rencontrons est quelque chose de nouveau, d'inédit. Tous les problèmes humains — pas les problèmes d'ordre mécanique ou scientifique, mais les problèmes humains — sont toujours inédits. La vie étant synonyme d'inédit, la pensée essaie de la comprendre, de la modifier, de l'interpréter, d'agir sur elle. Il faut donc découvrir par soi-même en quoi consiste la pensée. Pourquoi la pensée est-elle source de division ? Si nous éprouvions des sentiments profonds, si nous nous aimions les uns les autres — pas en paroles, mais de manière réelle, ce qui n'est possible qu'en l'absence de tout conditionnement, de tout centre prenant forme de « moi » et de « vous » —, cette division prendrait fin. Mais la pensée, c'est-à-dire l'activité de l'intellect, du cerveau, est tout à fait incapable d'amour. Elle peut raisonner logiquement, objectivement, efficacement. Pour aller sur la lune, la pensée a su fonctionner d'une manière prodigieuse. La conquête de la lune valait-elle la peine ou non ? — cela, c'est une autre affaire. Il est donc indispensable de comprendre la pensée. La pensée est-elle en mesure de voir quoi que ce soit de neuf, ou bien n'y a-t-il point de pensée qui soit neuve ? La pensée est-elle toujours caduque ? Dans ce cas, lorsqu'elle est confrontée aux problèmes de l'existence, qui, eux, sont perpétuellement nouveaux, elle ne peut pas en percevoir la nouveauté, car elle s'efforce d'emblée de traduire ce qu'elle observe en un langage conforme à son propre conditionnement.

La pensée est donc nécessaire, elle doit fonctionner de manière logique, saine, objective, et non sur des bases émotionnelles ou personnelles ; et pourtant c'est elle qui crée un clivage entre le « moi » et le « non-moi », et qui, par exemple, veut résoudre le problème de la violence comme s'il s'agissait d'un problème isolé, sans lien aucun avec les autres problèmes de l'existence. La pensée, c'est donc toujours le passé. Si nous ne disposions pas de cette machine à enregistrer qu'est le cerveau, qui a accumulé toutes sortes d'informations et d'expériences — individuelles ou collectives —, nous ne serions pas capables de penser, de réagir. Cela, est-ce que nous le percevons — pas au simple niveau des mots, mais *réellement* ? Ainsi, quand le passé rencontre l'inédit, celui-ci est forcément interprété en termes de passé, d'où cette division, ce clivage.

Vous voulez savoir pourquoi la pensée divise, pourquoi elle interprète ? Si la pensée découle du passé — et elle est effectivement le résultat d'hier, avec tout le capital d'information, de savoir, d'expérience, de mémoire, etc., accumulé —, on constate qu'elle se focalise sur un problème en le traitant comme s'il était isolé de tous les autres. D'accord ? Vous n'êtes pas tout à fait convaincu ? Je vais vous convaincre, pas dans le but de m'affirmer, ce qui serait stupide, ni de vous prouver que mes arguments sont supérieurs aux vôtres, ce qui serait tout aussi stupide : nous allons essayer de découvrir la vérité, la réalité des faits — de *ce qui est*. A présent, ne vous occupez plus de rien pendant quelques instants, si ce n'est d'observer le fonctionnement de votre pensée. La pensée n'est autre que l'écho du passé. Si vous n'aviez pas de passé, la pensée serait absente, il n'y aurait qu'un état d'amnésie. Le passé et la pensée ne font qu'un, le passé va forcément toujours avoir de la vie une conception qui dissocie le présent du futur. Tant qu'il y aura un passé dont la pensée est l'expression, ce passé même fera de la vie un espace temporel éclaté, divisé en passé, présent et futur.

Suivez-moi simplement : je vais avancer pas à pas. Disons que la violence me pose un problème : je veux en avoir une compréhension parfaite, absolue, de sorte que l'esprit soit totalement, définitivement libéré de toute violence. Or cela n'est possible que si l'on comprend les structures mêmes de la pensée. C'est la pensée qui engendre la violence en parlant de « ma » maison, « mes » biens, « ma » femme, « mon » mari, « mon » Dieu, « mes » croyances, bref, tout ce tissu d'absurdités. Qui est à l'origine de tout cela, qui crée ce « moi » perpétuellement opposé à tout ce qui n'est pas lui ? Qui est le responsable ? L'éducation, la société, l'ordre établi, l'Eglise — or je fais partie de tout cela. Et la pensée, qui est matière, qui est le résultat de la mémoire, s'inscrit dans la structure même des cellules cérébrales. La mémoire, c'est le passé, qui procède du temps. Par conséquent, lorsque le cerveau agit, sur le plan psychologique, social, économique ou religieux, cette action s'effectue forcément en termes de temps, en fonction d'un passé conforme à son conditionnement.

La pensée est essentielle, elle doit absolument fonctionner de manière logique, parfaitement objective et impersonnelle ; je vois pourtant quelles divisions elle crée — sur le plan psychologique et temporel. Elle ne peut faire autrement que de diviser — les faits sont là. La pensée déclare : « Le nationalisme est une chose hideuse qui a causé de nombreuses guerres, et suscité tant de malheur, préférons-lui la fraternité et l'union. » C'est ainsi que la pensée fonde une Ligue des nations unies, tout en préservant un système de fonctionnement qui sépare et maintient la séparation : vous qui êtes italien, vous gardez votre souveraineté nationale, et ainsi de suite. On parle de fraternité entre les hommes et on continue de les séparer, ce qui est pure hypocrisie : l'une des fonctions de la pensée, c'est ce double jeu qu'elle se joue.

La pensée n'est pas la voie d'issue — ce qui ne signifie pas que le cerveau doive être éliminé. Qu'est-ce qui voit chacun des problèmes qui surgissent d'un regard qui saisit la totalité du problème ? Si l'on a un problème sexuel, c'est un problème global, lié à la culture, au caractère, à divers autres types de problèmes existentiels — ce n'est donc pas un problème isolé. Quel est donc cet esprit qui voit chaque problème en tant que tout, et non pas en tant que fragment ?

Les Eglises et les diverses religions ont dit : « Cherchez Dieu, et tout sera résolu. » Comme si Dieu, dans la conception qu'elles en ont, était séparé de la vie. Il y a donc toujours eu cette perpétuelle division et, en observant les faits — car je ne suis pas un grand lecteur, mais il suffit d'observer la vie, et cette observation vous en apprendra plus que n'importe quel livre, sur l'univers extérieur et intérieur, à condition de savoir regarder —, je me pose une question : qu'est-ce qui voit la vie dans sa globalité ? Est-ce que nous avançons ? D'où vient ce regard ? Connaissant l'envergure, l'efficacité, l'ampleur de la pensée, et sachant, constatant, que la pensée instaure une division entre le « moi » et le « non-moi », que le cerveau est le résultat du temps, donc du passé, et que lorsque tous les rouages de la pensée sont à l'œuvre, elle est incapable d'une vision globale, qu'est-ce donc qui est capable de voir la vie comme un tout, et non comme une mosaïque de fragments ? Avez-vous compris ma question ?

Interlocuteur : Il reste pourtant toujours une question.

Krishnamurti : Nous avons compris, mais il reste toujours une question — effectivement elle reste posée. Cette question, qui la pose ? La pensée ? Oui, forcément. Quand vous dites que vous avez compris, mais qu'il reste pourtant une question, est-ce réellement possible ? Lorsque vous avez compris les effets néfastes de la pensée, et ce, de manière parfaite, à tous les niveaux, des plus élevés aux plus bas, lorsque vous voyez ce que fait la pensée, que vous affirmez avoir très bien compris tout cela, pour dire ensuite qu'il reste encore une question, qui est-ce qui pose cette question ? Il y a une seule et unique question. Ce cerveau, l'ensemble du système nerveux, l'esprit qui chapeaute le tout, c'est tout cela qui dit : « J'ai compris la nature de la pensée. » Puis vient la suite de la question : cet esprit est-il capable de regarder la vie, d'en voir toute la complexité, toute l'ampleur, toute la souffrance apparemment sans fin — l'esprit peut-il saisir d'un seul regard la globalité de la vie ? La seule et unique question, c'est celle-là. Et ce n'est pas la pensée qui la pose, c'est l'esprit, car il a observé tous les rouages de la pensée, il en connaît la valeur toute relative, et c'est ce qui le rend apte à poser cette question : « L'esprit peut-il porter sur les choses un regard qui ne soit en aucun cas pollué par le passé ? »

Nous allons à présent approfondir ce point. Est-il possible à cet esprit, à ce cerveau — résultat du temps, de l'expérience, d'une myriade d'influences, d'une accumulation de savoirs, bref, de tout ce qui a été engrangé au fil du temps pour constituer le passé —, est-il donc possible à cet esprit d'être complètement immobile et silencieux afin d'observer la vie et les problèmes qu'elle peut éventuellement receler ? C'est une question extrêmement sérieuse, il ne s'agit pas d'un simple divertissement intellectuel. Mais, pour trouver la réponse, il faut y engager son énergie, ses capacités, sa vitalité, sa passion, *sa vie*... Il ne suffit pas de rester assis là à m'interroger. Vous devez faire don de votre vie pour cette découverte, car c'est l'unique réponse, la seule issue pour échapper à toute cette brutalité, à cette violence, à cette souffrance, à cette dégradation, à tout ce qui est corrompu. Cet esprit, ce cerveau, lui-même corrompu par le temps, peut-il faire silence de sorte qu'il voie la vie dans sa globalité, et donc sans problèmes ? Lorsqu'on voit quelque chose de manière pleine et entière, comment pourrait-il y avoir le moindre problème ? Le problème ne surgit que si l'on perçoit la vie par fragments. Voyez la beauté qu'il y a là. Lorsque vous voyez la vie comme un tout, il n'y a plus le moindre problème. Ce n'est que lorsque l'esprit, le cœur, le cerveau sont réduits à l'état de fragments que naissent les problèmes. Le centre de chacun de ces fragments, c'est le « moi », et ce « moi » est l'émanation de la pensée, qui n'a pas de réalité en elle-même. Le « moi » — « ma » maison, « mes » meubles, « mon » aigreur, « ma » déception, « ma » soif de devenir quelqu'un, « mes » appétits sexuels, « mon » amertume, « mon » angoisse, « ma » culpabilité —, ce « moi », qui est le produit de la pensée, c'est lui qui divise. Mais sans le « moi », l'esprit est-il capable de voir ? Dans l'incapacité où est l'esprit de voir, de regarder la vie en l'absence du « moi », le « moi » lui-même dit alors : « Je vais me consacrer à Jésus, à Bouddha, à ceci, à cela. » Est-ce que vous comprenez ? « Je vais devenir communiste et je m'intéresserai à l'ensemble du monde. » Le « moi », même en s'identifiant à ce qu'il tient pour supérieur, ne sort toujours pas du cadre du « moi ».

humaine alors : « Je vous [illegible] Jésus, à Bouddha » ; [illegible] à cela ? Est-ce que vous comprenez ? « Je vais devenir un [illegible] et je m'intéresserai à l'ensemble du monde. » Le « moi » change et s'identifie à ce qu'il tient pour supérieur, ne sort toujours pas du cadre du « moi ».

SAANEN, LE 26 JUILLET 1970

Nous avons une réalité à adresser à l'esprit, qu'il s'examine lui-même et qu'il appréhende tous les aspects de la peur, ses modalités d'action, ses dangers. Nous allons donc examiner non seulement les peurs d'ordre physique, mais aussi les peurs très profondes, très complexes, enfouies dans les replis inconscients de l'esprit. Nous avons pratiquement tous vécu des peurs d'ordre physique, nous avons eu bien connu la terreur de maladies passées, avec toutes les souffrances et les angoisses qui y sont liées, ou bien affronté le danger physique. Face à un danger physique, la peur est-elle présente ? Interrogez-vous et, au lieu de dire : « Oui, la peur est présente », cherchez et trouvez la réponse. En Inde, en Afrique, et dans les contrées sauvages d'Amérique, lorsque vous croisez un serpent, un ours, un tigre, vous réagissez immédiatement, n'est-ce pas ? Lorsque vous vous trouvez face à un serpent, l'action est immédiate, ce n'est pas un acte conscient, délibéré : la réaction est instinctive.

Saanen, le 26 juillet 1970

Nous avons une requête à adresser à l'esprit : qu'il s'examine lui-même et qu'il appréhende tous les aspects de la peur, ses modalités d'action, ses dangers. Nous allons donc examiner non seulement les peurs d'ordre physique, mais aussi les peurs très profondes, très complexes, enfouies dans les replis inconscients de l'esprit. Nous avons pratiquement tous vécu des peurs d'ordre physique, nous avons ou bien connu la crainte de maladies passées, avec toutes les souffrances et les angoisses qui y sont liées, ou bien affronté le danger physique. Face à un danger physique, la peur est-elle présente ? Interrogez-vous et, au lieu de dire : « Oui, la peur est présente », cherchez et trouvez la réponse. En Inde, en Afrique, et dans les contrées sauvages d'Amérique, lorsque vous croisez un serpent, un ours, un tigre, vous réagissez immédiatement, n'est-ce pas ? Lorsque vous vous trouvez face à un serpent, l'action est immédiate, ce n'est pas un acte conscient, délibéré : la réaction est instinctive.

Ce type d'action relève-t-il de la peur ? Ou de l'intelligence ? En effet, ce que nous cherchons à découvrir, c'est quel type d'action procède de l'intelligence et quel type d'action procède de la peur. Quand on croise un serpent, il se produit une réaction physique instantanée : on prend la fuite, on transpire, on essaye de réagir. Cette réaction est un réflexe conditionné, car on vous répète depuis des générations de vous méfier des serpents, des animaux sauvages. Grâce à ce réflexe, le cerveau, les nerfs réagissent immédiatement pour se protéger. Le réflexe d'autoprotection est une réaction naturelle — et intelligente. Vous me suivez ? Il est indispensable à l'organisme physique de se protéger ; un serpent représente un danger et y répondre en se protégeant est un acte d'intelligence.

Considérons à présent l'autre cas de figure — la douleur physique. Vous avez souffert, l'an dernier ou hier, et vous craignez que cela ne recommence. La pensée est à l'origine de cette peur. L'idée selon laquelle un événement datant de l'an dernier ou d'hier pourrait se reproduire demain n'est autre qu'une peur engendrée par la pensée. Allez au fond des choses, je vous en prie : nous cherchons ensemble — ce qui veut dire que vous observez en ce moment même vos propres réactions, vous faites le bilan de vos propres actes. Dans le second cas de figure, la peur est le produit de la pensée consciente ou inconsciente —, la pensée n'étant autre que le temps — pas le temps chronologique, pas le temps des horloges, mais le temps sous forme de pensée qui songe à ce qui s'est produit hier ou naguère, le temps sous forme d'une crainte de voir l'événement se reproduire. La pensée, c'est donc le temps. Et la pensée engendre la peur : et si j'allais mourir demain... Et si l'un de mes actes passés venait à être connu... Toutes ces pensées génèrent de la peur. Tout cela, le vivez-vous en ce moment même ? Vous avez connu la douleur, vous avez fait dans le passé quelque chose que vous n'aimeriez pas voir dévoilé, ou vous voulez réaliser quelque chose dans l'avenir, mais sans être sûr d'y parvenir — tout cela n'est autre que le résultat de la pensée et du temps. Vivez-vous fréquemment des choses de ce genre ? C'est le cas pour la plupart d'entre nous.

Ce mouvement de la pensée, qui engendre la peur au fil du temps, et qui constitue le temps, peut-il prendre fin ? Avez-vous compris ma question ? Il y a d'une part ce réflexe d'autoprotection, indispensable à la survie physique, qui est une réponse naturelle et intelligente. Et d'autre part la pensée qui cogite à propos d'une situation qu'elle projette comme étant susceptible de se renouveler dans l'avenir, et qui engendre la peur. La question est donc la suivante : ce mouvement de la pensée, si instinctuel, si immédiat, si insistant, si persuasif, peut-il prendre fin d'une manière naturelle — et non pas en s'y opposant ? Toute attitude d'opposition s'inscrit encore dans le cadre de la pensée ; toute tentative de stopper ce mouvement reste toujours du ressort de la pensée. Si vous dites : « Je vais m'interdire d'agir ainsi », quelle est donc l'entité qui dit : « Je *vais...* » ? Sinon, une fois de plus, la pensée ? En effet, en stoppant ce mouvement, elle espère atteindre un autre objectif, qui est lui aussi le produit de la pensée. La pensée peut donc se fixer des objectifs qu'elle ne sera peut-être pas en mesure d'atteindre, et de telles projections impliquent la peur.

Nous voulons donc savoir si la pensée, qui est à l'origine de cette peur psychologique aux multiples visages, si la pensée en tant qu'activité globale, peut prendre fin naturellement, facilement, sans effort. Car les efforts font toujours partie de la pensée ; ils sont donc générateurs de peur, et inscrits dans l'univers du temps. Il faut découvrir, comprendre, ou apprendre comment faire en sorte que la pensée cesse de manière naturelle et n'engendre plus la peur. Sommes-nous sur la même longueur d'onde ? Je me le demande ! Peut-être avez-vous clairement saisi l'idée, la notion de division — mais une compréhension limitée au simple niveau des mots ne suffit pas. Il ne s'agit pas seulement de mots : ce dont nous parlons ici même, c'est de votre peur, de votre existence au quotidien ; il s'agit de votre vie — pas de la description de votre vie. Car la description n'est pas l'objet décrit, l'explication n'est pas l'expliqué. Le mot n'est pas la chose. Il s'agit de votre propre vie, de votre propre peur, et ce n'est pas l'orateur qui les expose ici au grand jour : c'est vous qui, en écoutant, avez appris à démasquer la peur, et à révéler comment la pensée l'engendre.

La question est donc de savoir si la pensée, si l'activité de la pensée, qui engendre, nourrit, maintient et alimente la peur, peut prendre fin d'une manière naturelle, heureuse et facile, sans que l'on fasse montre de détermination ni de résistance, sans aucun acte de volonté délibérée.

Mais, avant de clore cette question par la découverte de sa vraie réponse, il nous faut également examiner ce qu'est la quête — consciente ou inconsciente — du plaisir, car, là encore, c'est la pensée qui fait perdurer le plaisir. Hier, en contemplant le coucher de soleil, vous avez vécu un moment agréable. « Quel merveilleux coucher de soleil ! » avez-vous dit — avec un sentiment de délectation profonde. Mais voici que la pensée intervient et dit : « Comme c'était bien ! Cette expérience, comme j'aimerais pouvoir la renouveler demain ! » — peu importe qu'il s'agisse d'un coucher de soleil, de mots flatteurs qu'on vous a adressés, d'une expérience sexuelle ou de toute autre forme de plaisir : vous voulez perpétuer l'expérience. Cela ne concerne pas que le plaisir sexuel : il y a le plaisir d'avoir atteint un objectif, de devenir quelqu'un, le plaisir de la réussite ou de l'accomplissement, le plaisir de l'expectation, le plaisir de l'expérience vécue, dans le domaine artistique ou autre, et le désir de la voir se réitérer. Le plaisir englobe tout cela. Or le plaisir est le fondement même de notre morale sociale, ne croyez-vous pas ? Ce qui veut dire qu'elle n'a rien d'une morale : elle est carrément immorale. Cela, vous allez le découvrir — ce qui ne signifie pas que, sous prétexte de vous révolter contre la morale sociale, vous allez devenir hautement moral, ou au contraire agir à votre guise, coucher avec qui bon vous semble. Jouez le jeu, et vous trouverez.

Pour comprendre la peur et s'en libérer, il faut aussi comprendre le plaisir, car l'un et l'autre sont liés. Cela ne signifie pas qu'il faille pour autant renoncer au plaisir. Comme vous le savez, toutes les religions organisées — ce fléau permanent de l'humanité — ont prôné l'abstinence en matière de plaisir et de sexualité : Dieu vous interdit tout cela, d'ailleurs la proximité de Dieu est réservée aux êtres torturés. Vous n'avez donc pas le droit de lever les yeux sur une femme — ni de contempler un arbre, ou la splendeur du firmament, ou la silhouette harmonieuse d'une colline, qui pourrait vous faire songer au sexe ou aux femmes ! Tout plaisir est banni, autrement dit tout désir est exclu. Lorsque le désir survient, plongez-vous dans la Bible, ou dans la Gîta, répétez des formules — ou autres stupidités du même genre.

Pour comprendre la peur, il faut donc examiner aussi la nature du plaisir. Si demain pour vous tout plaisir est exclu, vous allez être en proie à la peur et à la frustration. Si le plaisir — sexuel ou autre — dont vous avez joui hier vous est inaccessible demain, vous serez en colère, contrarié, hystérique — ce qui est une forme de peur. La peur et le plaisir sont donc les deux faces d'une même médaille : on ne peut se libérer de l'une sans se libérer de l'autre. Je sais que vous voudriez *à la fois* jouir du plaisir tout au long de votre vie et être affranchi de la peur, c'est tout ce qui vous intéresse. Mais ce que vous ne voyez pas, c'est que, si demain tout plaisir vous est refusé, vous êtes voué à la frustration, à l'insatisfaction, à la colère, à l'angoisse et à la culpabilité — et c'est la voie ouverte à toutes les détresses psychologiques. Il faut donc examiner et la peur et le plaisir.

Comprendre le plaisir suppose de comprendre aussi ce qu'est la joie. Qu'est-ce que le plaisir ? Est-ce de la joie ? Est-ce du contentement ? Est-ce quelque chose de totalement différent de la pleine jouissance de l'existence ? C'est ce que nous allons découvrir. Mais nous voulons d'abord savoir si la pensée, avec tout son éventail d'activités, si cette pensée qui génère et entretient la peur consciente ou inconsciente est oui ou non susceptible de cesser définitivement, naturellement et sans effort. Car, outre les peurs conscientes, il y a aussi des peurs inconscientes qui passent inaperçues. Et les peurs dont nous n'avons pas conscience jouent un rôle bien plus important dans notre vie que celles dont nous sommes conscients. Comment faire pour mettre au jour les peurs inconscientes ? Comment les exposer au grand jour ? En les analysant ? Mais dans ce cas, qui va procéder à l'analyse ? Si vous dites : « Je vais analyser mes peurs », qui est l'« analyseur » — sinon un fragment indissociable de cette peur ? L'analyse de nos propres peurs est donc sans intérêt. Je ne sais pas si vous saisissez bien. Si vous allez voir un psychanalyste pour faire analyser vos peurs, l'analyste est comme vous, il est lui aussi conditionné par le spécialiste — Freud, Jung, Adler, X, Y, ou Z. Il analyse en fonction de son conditionnement. D'accord ? Donc, cette pratique ne vous aidera pas à vous libérer de la peur. Comme nous l'avons dit, toute forme d'analyse équivaut à une négation de l'action.

*
* *

Pouvez-vous donc, pendant la journée, être attentif au déroulement de toutes vos activités, de toutes vos pensées, de tous vos sentiments, sans les interpréter, en ne faisant rien d'autre que de les observer ? Vous verrez alors que les rêves n'ont guère d'importance et vous rêverez très peu. Si pendant la journée vous êtes pleinement éveillé, et pas dans un état de semi-torpeur — si, au lieu d'être englué dans vos croyances, vos préjugés, vos vanités mesquines, votre orgueil ridicule et votre pauvre petit savoir, vous suivez simplement de très près tout le processus conscient et inconscient du fonctionnement de votre esprit, vous verrez que non seulement les rêves cesseront, mais que la pensée elle-même finira par se taire, ne cherchant plus alors ni à courir après le plaisir ni à l'entretenir, ni à éviter la peur.

*
* *

Votre esprit n'est-il pas déjà devenu un peu plus sensitif ? Jusqu'ici, vous cheminiez courbé sous le fardeau de la peur et du plaisir. Apprendre à connaître ce fardeau, n'est-ce pas s'en défaire, s'en débarrasser ? Ce qui fait qu'à présent vous cheminez toujours, mais avec vigilance ? Si vous avez réellement suivi le fil de tout ce qui s'est dit ici, s'il y a eu un véritable partage, si nous avons appris ensemble, votre esprit, par le simple fait d'observer — pas grâce à votre détermination ou à vos efforts, mais par la simple observation — est devenu sensitif et donc très intelligent. N'acquiescez pas si vite : s'il n'est pas sensitif, autant l'admettre — il ne s'agit pas d'un jeu.

Ainsi, quand la peur surgira de nouveau — ce qui est inévitable —, cette fois, c'est l'intelligence qui lui répondra, mais pas en termes de plaisir, de refoulement ou de fuite. Cet esprit, une fois devenu sensitif et intelligent grâce à l'observation et à l'examen attentif de la peur et du plaisir, se sera débarrassé de ce fardeau ; c'est précisément ce qui le rend si étonnamment vivant et sensible. Il peut alors poser une tout autre question : si le plaisir n'est pas la voie à suivre — or c'est la voie qu'ont suivie la plupart d'entre nous —, l'existence n'est-elle donc qu'un parcours austère et aride ? En d'autres termes, le plaisir est-il différent de la joie ? Cela signifie-t-il qu'il me soit à jamais interdit de jouir de la vie ? N'approuvez pas d'emblée mes propos : cherchez et trouvez. Jusqu'ici, c'est sous le double signe du plaisir et de la peur que vous avez joui de la vie. Le plaisir immédiat — le sexe, la boisson, la nourriture, la mise à mort des animaux, la viande dont on se gave, et j'en passe. Le plaisir immédiat. Tel a toujours été votre mode de vie. Et voilà que vous découvrez soudain, en regardant, en examinant les faits, que le plaisir n'est pas du tout la voie à suivre, puisqu'il débouche sur la peur, la frustration, le malheur, la souffrance, ainsi que sur de graves perturbations tant d'ordre sociologique que personnel, etc. Une autre question s'impose alors à vous : qu'est-ce donc que la joie ?

Existe-t-il une forme de joie que ni la pensée ni le plaisir n'aient jamais effleurée ? Car si la joie est effleurée par la pensée, elle devient plaisir, et donc peur. Existe-t-il une manière de vivre au quotidien qui soit le fruit de cette compréhension du plaisir et de la peur, un mode de vie joyeux, où l'existence cesse d'être cette sempiternelle réitération du plaisir et de la peur, et ne soit que pur bonheur ?

Savez-vous ce que c'est que de savourer les choses ? Contempler ces montagnes, la splendeur de la vallée, la lumière sur les collines, les arbres, les méandres de la rivière, savourer tout cela... Mais quand pouvons-nous le faire ? Quand la pensée, quand l'esprit, ne fait pas de cette sensation un moyen d'accès au plaisir. Vous pouvez regarder cette montagne, ou le visage d'une femme ou d'un homme, les contours d'une vallée, le mouvement d'un arbre, et y trouver une grande satisfaction. Mais restez-en là, car, si vous cherchez à prolonger les choses, la douleur et le plaisir entreront en jeu. Êtes-vous capable de regarder et de vous en tenir là ? Ce point mérite toute votre attention, toute votre vigilance. En d'autres termes, êtes-vous capable de regarder cette montagne sans vous laisser absorber par sa beauté comme un enfant, un instant absorbé par un jouet, retourne ensuite à ses bêtises ? Cette beauté, on la regarde, et ce regard même suffit à nous réjouir, on ne cherche pas à prolonger la sensation, on n'escompte pas la revivre demain. Ce qui signifie — voyez-en le danger — qu'on peut éprouver un grand plaisir et *dire* qu'on s'en tient là : mais est-ce vraiment le cas ? L'esprit n'est-il pas, consciemment ou inconsciemment, occupé à le faire resurgir, à le remâcher, à l'évoquer, à prier pour qu'il renaisse au plus vite ? La pensée est totalement étrangère à la joie. Je vous invite à faire vous-même toutes ces formidables découvertes, plutôt que d'en écouter le récit. Il y a donc une grande différence entre, d'un côté, la délectation, le ravissement, la joie, la félicité et, de l'autre, le plaisir.

*
* *

Tous ces phénomènes, vous pouvez les observer et découvrir ainsi la beauté de la vie — car cette beauté n'est pas imaginaire, mais bien réelle —, et vous connaîtrez la splendeur d'une existence où l'effort n'a plus cours, où vivre est une extase infinie d'où sont totalement bannis le plaisir, la pensée et la peur.

Saanen, le 18 juillet 1972

C'est un phénomène aussi étonnamment beau qu'intéressant que cette absence totale de pensée lorsqu'on a un flash de vision pénétrante — la pensée est incapable d'un tel éclair de vision. Cette vision pénétrante ne peut avoir lieu que lorsque l'esprit cesse de fonctionner conformément à la structure de la pensée, c'est-à-dire de manière mécanique. Ce flash ayant eu lieu, la pensée cherche à en tirer des conclusions. Puis elle agit — mais elle est mécanique. Il faut donc que je sache, après avoir, grâce à cette vision, saisi ce que je suis, autrement dit ce qu'est le monde, s'il m'est oui ou non possible de ne tirer aucune conclusion à partir de là. Si je tire une conclusion, c'est sur une idée, une image, un symbole que j'agis, c'est-à-dire sur une structure propre à la pensée : je fais donc constamment obstacle à cette vision lucide, et je m'interdis par là même d'appréhender les choses telles qu'elles sont. Il faut donc que j'explore l'ensemble du problème que pose cette interférence de la pensée, et que je sache pourquoi la pensée tire des conclusions dès qu'une perception a lieu.

Je perçois cette vérité : je me rends compte que le fait de vouloir se contrôler — écoutez très attentivement —, le contrôle que je veux exercer sur moi-même, crée en moi une division entre celui qui contrôle et celui qui est l'objet de ce contrôle, d'où un conflit. La vérité de ce fait m'apparaît, grâce à la vision pénétrante que j'en ai, mais tout mon processus de pensée est conditionné par l'idée que je dois me plier à ce contrôle : mon éducation, ma religion, la société dans laquelle je vis, les structures familiales, tout m'enjoint de me contrôler, cela fait partie des *a priori* qui m'ont été transmis, des conclusions toutes faites que j'ai admises à mon tour, et j'agis en fonction de ces préjugés, devenus des automatismes. C'est pourquoi je vis dans le conflit perpétuel. Et voilà que soudain je perçois pleinement, grâce à cette vision pénétrante, ce problème du contrôle dans toute son ampleur. J'ai donc ce flash de vision lucide, advenu à un moment où j'avais l'esprit libre, libre d'observer, libre de tout conditionnement, mais la structure d'ensemble du conditionnement n'en demeure pas moins. L'esprit est donc partagé lorsqu'il dit : « Certes, j'ai vu les choses de manière très claire, mais en même temps, je suis englué dans cette manie du contrôle. » Il y a donc un conflit — une de ces deux attitudes est mécanique, l'autre ne l'est pas. Pourquoi la pensée s'accroche-t-elle à cette stratégie de contrôle ? Car c'est elle qui est à l'origine de cette idée.

Contrôler, qu'est-ce que cela signifie ? Cela

suppose un refoulement, une division interne qui pousse une part de moi-même à vouloir contrôler les autres. Cette division, c'est la pensée qui la crée. La pensée se dit : « Je dois me contrôler, sinon je ne saurai pas m'adapter à l'environnement, au qu'en-dira-t-on, etc., il est donc absolument indispensable que je me contrôle. » La pensée, cet écho de la mémoire, d'une mémoire qui n'est autre que le passé, l'expérience, le savoir — autant de systèmes mécaniques —, la pensée, donc, jouit d'un immense pouvoir. D'où cette lutte perpétuelle entre la perception, la vision pénétrante, et le conditionnement.

Mais que doit faire l'esprit ? C'est le problème qu'il nous appartient de résoudre. Quelque chose de neuf frappe notre regard, mais le vieux décor est toujours là — les vieilles habitudes, les vieilles idées, les vieilles croyances, tout cela pèse si lourd ! Comment l'esprit peut-il préserver cette faculté de vision pénétrante, sans pour autant élaborer la moindre conclusion à aucun moment ? Car toute conclusion est d'ordre mécanique, puisqu'elle est le résultat de la pensée, de la mémoire. La pensée est un réflexe de la mémoire. Cette pensée devient mécanique, puis usée et caduque. Vérifiez-le, faites l'expérience avec moi.

On a donc d'un côté cette vision lucide, qui nous ouvre les yeux sur quelque chose de neuf, de clair, de beau, et de l'autre le passé, avec son fardeau de souvenirs, d'expériences, de connaissances, et c'est de lui que vient cette pensée prudente, sur ses gardes, peureuse, qui se demande comment faire basculer le neuf dans le camp du vieux. Lorsqu'on perçoit clairement ce fait, que se passe-t-il ? Nous sommes le produit du passé et, même si la jeune génération s'efforce de s'en dégager et se croit libre de créer un monde nouveau, elle n'est pas libérée du passé. Les jeunes, en réagissant par rapport au passé, ne font que le perpétuer.

Cela, je le vois. Je constate les effets de la pensée, tout en voyant très clairement que la vision pénétrante ne peut exister qu'en l'absence de toute pensée. Comment résoudre ce problème ? J'ignore si vous y avez déjà réfléchi — peut-être le faites-vous aujourd'hui pour la première fois. Comment réagissez-vous, comment l'esprit réagit-il face à ce problème ?

Posons la question autrement. L'esprit doit disposer d'un certain savoir : je dois savoir où je vis. L'esprit doit maîtriser la langue dans laquelle il s'exprime. Il doit forcément passer par l'intermédiaire de la pensée — qui n'est autre que l'écho de la mémoire, de l'expérience, du savoir, autrement dit du passé. Il doit être opérationnel, car, si j'étais incapable de penser clairement, toute communication entre vous et moi serait impossible. Je constate donc que le savoir est nécessaire pour pouvoir fonctionner dans l'univers mécanique qui est le nôtre. Me rendre d'ici jusque chez moi, maîtriser une langue étrangère, agir sur la base d'un savoir, ou d'une multitude d'expériences — tous ces actes sont d'ordre mécanique. Et dans une certaine mesure ce processus mécanique est obligé de continuer. Ma vision pénétrante me fait voir tout cela. Vous saisissez ? Il n'y a donc pas de contradiction entre le savoir et le fait d'en être affranchi, lorsque cette vision fulgurante intervient.

Grâce à elle, je sais à présent que le savoir est nécessaire, mais je sais aussi qu'il y a, parallèlement à cela, cette vision fulgurante de lucidité qui n'advient qu'en l'absence de toute pensée. La perception et la vision pénétrante se côtoient donc en permanence : il n'y a là rien de contradictoire.

Voyez à quel point il est difficile de mettre en mots ce que je cherche à vous transmettre. Je veux vous faire comprendre qu'un esprit qui fonctionne sans cesse sur la base de conclusions devient un automate et que ce fonctionnement mécanique le pousse à fuir dans l'illusion, à se réfugier dans les mythologies et dans ce véritable cirque que sont les religions. Et, tout à coup, vos yeux s'ouvrent, la vision pénétrante est là. Vous dites : « Bon sang, mais c'est la pure vérité ! » Si, ayant eu cette vision pénétrante, vous en tirez des conclusions, vous êtes déjà sur un autre plan, d'ordre mécanique. En revanche, lorsque cette vision est là en permanence, sans qu'aucune conclusion intervienne, cet état d'esprit est créatif — mais sa créativité n'a rien à voir avec celle d'un esprit en proie au conflit, et qui, sous l'influence de ce conflit, se met à faire des films ou à écrire des livres : cet esprit-là ne pourra jamais être créatif. Voir cela, c'est être en situation de vision pénétrante, ne croyez-vous pas ?

Dans le monde de la littérature et de l'art, on dit de certains qu'ils sont de grands artistes, de grands écrivains créatifs. Pourtant, si, par-delà l'écran de la littérature, vous regardez l'auteur, vous verrez qu'il est quotidiennement en proie aux conflits, avec sa femme, avec sa famille, avec la société : il est ambitieux, avide de pouvoir, de réussite sociale, de prestige. Et il a par ailleurs un certain talent d'écrivain. Certes, les tensions, les conflits qu'il subit peuvent donner naissance à de très bons livres, mais il n'est pas créatif au vrai sens du terme. Or ce qui nous intéresse, c'est de savoir si chacun d'entre nous peut être créatif au sens profond du terme — la créativité ne résidant pas dans l'expression, c'est-à-dire l'écriture romanesque ou poétique, ou toute autre forme d'expression, mais dans une vision pénétrante dépourvue de toute conclusion ultérieure : on glisse ainsi sans transition d'un éclair de vision à l'autre, d'une action à une autre. C'est cela, la spontanéité.

Un tel esprit ne peut évidemment qu'être seul — ce qui ne signifie pas qu'il soit isolé. Connaissez-vous la différence entre l'isolement et la solitude ? Je suis isolé si je m'entoure d'une muraille de résistance. Je résiste. Je résiste à toute forme de critique, d'idée neuve. J'ai peur, je tiens à me protéger, je ne veux pas avoir mal. Cela m'amène à agir de façon égocentrique, ce qui est un processus d'isolement. Est-ce clair ? Et cet isolement nous concerne pratiquement tous. On m'a blessé et je ne veux plus avoir mal. Le souvenir de cette blessure demeure, ce qui déclenche une résistance de ma part. Ou bien je crois en Jésus, en Krishna, ou que sais-je encore, et je résiste à toute notion de doute, à toute critique envers ma foi, car cette foi me rassure. De telles attitudes nous isolent. Cet isolement peut inclure des milliers, voire des millions de personnes — l'isolement n'en est pas moins là. Lorsque je me dis catholique, ou communiste, par exemple, je m'isole. La solitude, en revanche, c'est tout autre chose : loin d'être le contraire de l'isolement — écoutez très attentivement —, la solitude consiste à voir l'isolement à la lumière de la vision pénétrante. *Cette vision-là est la solitude.*

La mort, en fait, est l'ultime état d'isolement total : devant elle, on abandonne tout — on laisse derrière soi ses idées, ses travaux ; on est totalement isolé par la peur qu'elle suscite en nous. Et cet isolement, c'est tout à fait autre chose que de comprendre dans toute sa dimension la nature de la mort. Si la vision pénétrante vous la révèle, vous êtes alors authentiquement seul.

Un esprit qui est libre a sans cesse en lui cette vision-là, un esprit vraiment libre ignore toute conclusion, il n'a donc rien de mécanique. Un tel esprit agit, et son action n'est pas mécanique, car il voit lucidement les faits, à la lumière de cette vision de tous les instants. Il est donc perpétuellement en mouvement, perpétuellement vivant. Un tel esprit est toujours frais, jeune, imperméable aux blessures, alors que l'esprit mécanique est vulnérable aux blessures.

La pensée, pilier de toutes nos civilisations, devient mécanique, toutes nos civilisations le sont aussi. Voilà pourquoi elles sont corrompues. Appartenir à une organisation, quelle qu'elle soit, c'est devenir corrompu, ou se laisser corrompre. Ce constat est un exemple de vision pénétrante, ne croyez-vous pas ? Peut-on passer de cet éclair de vision à un autre, poursuivre ce mouvement qui est celui de la vie, toute relation prenant alors une tournure radicalement différente ? Nos relations se fondent sur des *a priori*, n'est-ce pas ? Observez bien ce phénomène, regardez-le en toute lucidité, et vous verrez quel changement extraordinaire interviendra dans vos relations.

Nos relations sont avant tout d'ordre mécanique, autrement dit fondées sur des idées, des conclusions toutes faites, des images. J'ai une certaine image de mon épouse, ou elle a de moi une image — c'est-à-dire un savoir acquis, des conclusions préalables, une expérience antérieure — et c'est sur cette base qu'elle agit, et ses actions ne font que renforcer cette image, ces conclusions ; j'agis de même de mon côté. Notre relation est donc un face à face entre deux conclusions, d'où son caractère mécanique. Vous avez beau appeler cela de l'amour — et le faire —, c'est toujours aussi mécanique. D'où ce besoin de rechercher des distractions — d'ordre religieux, psychologique ou autre —, bref, toutes les distractions sont bonnes si elles permettent d'échapper à cet aspect mécanique de la relation. Alors on divorce, puis on essaie de se trouver une autre femme ou un autre homme qui nous apporte quelque chose de neuf, mais on retombe très vite dans la routine.

Nos relations sont donc fondées sur ce processus mécanique. Si vous passez la relation au crible de la vision pénétrante, si vous la voyez donc réellement *telle qu'elle est*, alors, sous la fulgurance de ce regard, le plaisir, le prétendu amour, le prétendu antagonisme, les frustrations, les images, les conclusions hâtives que vous aviez échafaudées à son sujet comme au vôtre — tout cela s'efface, n'est-ce pas ? Vous ne vous faites plus d'images, c'est-à-dire plus de conclusions. Votre relation est désormais directe, elle ne passe plus par l'intermédiaire d'une image. Mais nos relations sont fondées sur la pensée, sur l'intellect, qui est mécanique, et qui n'a absolument rien à voir avec l'amour, c'est évident. Je peux dire : « J'aime ma femme », mais ce n'est pas une authentique réalité. *J'aime l'image que j'ai d'elle lorsqu'elle ne m'agresse pas.* Je découvre donc que la relation véritable suppose que l'on soit affranchi des images et des conclusions ; elle est synonyme de responsabilité et d'amour. Et cela n'est pas une conclusion — vous comprenez ?

Mon cerveau est donc le lieu où sont stockés les connaissances, les expériences d'ordres divers, les souvenirs, les blessures, les images — c'est-à-dire la pensée —, d'accord ? Et mon cerveau, dont je n'ai pas l'exclusivité — il vous appartient aussi —, a subi un conditionnement lié au temps, à l'évolution, à la croissance de son volume. Le cerveau a pour fonction de vivre dans une sécurité absolue, et ce, naturellement, sans quoi il ne peut pas fonctionner. Voilà pourquoi il se bâtit une forteresse de croyances, de dogmes, de prestige, de pouvoir, de réussite sociale : il s'entoure de murailles protectrices pour se sentir parfaitement en sécurité. Avez-vous observé votre cerveau à l'œuvre ? Vous constaterez qu'il fonctionne remarquablement bien, de manière logique et saine, lorsqu'il n'a pas peur. Autrement dit lorsqu'il jouit d'une sécurité totale. Mais la sécurité totale existe-t-elle vraiment ? Bien qu'il soit dans l'incertitude à ce sujet, le cerveau s'empresse de conclure que la sécurité existe : il fait une conclusion hâtive, et dès lors la conclusion lui tient lieu de sécurité. J'ai peur : je vois que je ne peux fonctionner — que le cerveau ne peut fonctionner — que dans un vrai climat de sécurité, plaisant et heureux. Mais je ne peux en jouir, car la peur m'en empêche. Et si je perdais mon travail, si je perdais ma femme... J'ai peur — et cette peur m'incite à investir mon énergie dans une croyance, dans une conclusion, et c'est *cela* qui me tient lieu de sécurité. Cette croyance, cette conclusion peut très bien être une illusion, un mythe, une absurdité — mais j'y trouve la sécurité. Les gens croient à tous ce fatras prêché par les Eglises : ce n'est que pur mensonge, mais ils y trouvent une forme de sécurité. Je trouve donc ma source de sécurité dans une croyance ou dans un comportement névrotique — car en effet se comporter de façon névrotique apporte aussi une forme de sécurité.

Le cerveau ne peut donc fonctionner librement, pleinement, que dans un contexte de sécurité totale. Elle lui est indispensable, qu'elle soit réelle ou fausse, illusoire ou non, il la lui faut, donc il se l'invente. Mais je vois bien qu'il n'existe de sécurité dans aucune croyance, aucune conclusion, aucune personne, aucune structure sociale, aucun leader, aucune allégeance à qui que ce soit. Je vois que rien de tout cela n'est un gage de sécurité. Ma source de sécurité est dans la vision pénétrante, dans son éclosion en moi. *La sécurité réside dans la vision pénétrante, pas dans la conclusion*. Avez-vous saisi ? De vous-même, et pas grâce à moi ? Avez-vous appréhendé cette évidence, est-elle réelle à vos yeux ?

Le problème est donc que cet esprit, que ce cerveau ne peut fonctionner que dans l'ordre absolu, la sécurité absolue, la certitude absolue, sinon il se détraque et tombe dans la névrose. Cela m'amène à voir que tout individu — y compris moi-même — qui appartient à une organisation quelconque, qui a foi en elle, qui a foi en un leader, agit de manière névrotique. Mais pour l'esprit qui a rejeté toutes ces sujétions, où donc est la sécurité ? Elle est dans cette vision pénétrante qui amène l'intelligence. La sécurité, c'est l'intelligence. La sécurité n'est ni dans le savoir ni dans l'expérience, mais dans la perception lucide que la capacité d'intelligence soutenue est la seule forme de savoir valable, et que là est la sécurité. Cette intelligence, cette vision ignorent donc la peur.

*
* *

Quelle merveille ce serait de pouvoir, tous ensemble, comprendre au moins une chose : la nature de la prise de conscience, la nature de la perception, la nature de la vision pénétrante. Car à ce moment-là l'esprit est enfin libre de vivre. De *vivre* vraiment, et non de vivre sous le signe du conflit et de la lutte, de la suspicion et de la peur, des blessures et de la souffrance sous toutes ses formes.

Saanen, le 20 juillet 1972

Je crois que le problème crucial de notre existence est celui de la pensée, de l'ensemble des mécanismes liés à l'activité mentale. En Orient comme en Occident, toute notre civilisation se fonde sur la pensée, sur l'intellect. Or la pensée est très limitée et mesurable, et pourtant c'est elle qui est à la source des prodiges les plus extraordinaires du monde : nous lui devons par exemple l'univers de la technologie, la conquête de la lune, la construction de logements confortables accessibles à tous. Mais elle est aussi responsable de bien des malheurs — elle est à l'origine de tous les instruments de guerre, de la destruction de la nature, de la pollution de la planète, et, si l'on creuse un peu plus loin, on constate aussi qu'elle est à la source de prétendues religions qui sévissent partout dans le monde. La pensée est responsable de la mythologie propre aux chrétiens, avec leur Sauveur, leurs papes, leur notion de salut, etc. Nous lui sommes également redevables d'une forme de culture particulière, caractérisée par son développement technologique et artistique, mais aussi par la cruauté et la violence dans les rapports humains, les divisions entre classes sociales, etc. Le système de fonctionnement de la pensée est un système mécanique, du même ordre que celui de la philosophie et de la physique mécanistes. La pensée a créé des divisions entre les êtres humains — il y a un clivage entre le « moi » et le « non-moi », entre « nous » et « eux », entre hindous et bouddhistes, il y a les communistes et les autres, les jeunes et les vieux, les hippies et ceux qui ne le sont pas, les tenants de l'ordre établi et... la liste n'est pas close. Toute cette structure est le résultat direct de la pensée. Je crois que le constat est suffisamment clair, et il est vérifiable dans tous les domaines — religieux, laïc, politique, national.

La pensée a donné naissance à un monde extraordinaire — des splendides cités aujourd'hui en ruine, aux moyens de transport ultra-rapides... Dans le domaine relationnel, en revanche, elle a toujours été un facteur de division entre les hommes. La pensée, cet écho de la mémoire, de l'expérience, du savoir acquis, divise les êtres humains. Autrement dit, à partir d'une succession d'activités et d'incidents survenus dans notre relation, elle façonne l'image du « moi » et du « toi » — images qui doivent leur existence aux incessants mouvements qui interagissent dans la relation. Ces images étant de type mécaniste, cela explique que la relation devienne mécanique.

Mais il n'y a pas que la division suscitée par la pensée dans l'univers extérieur : l'être humain souffre aussi d'une division intérieure. Et, en même temps, on voit clairement que la pensée est nécessaire, indispensable — sans elle comment ferait-on pour retrouver le chemin de sa maison, pour écrire un livre ou pour parler ? La pensée est l'écho de la mémoire, de l'expérience, du savoir — c'est-à-dire du passé. Elle se projette dans l'avenir par l'intermédiaire du présent, qu'elle modifie, façonne et modèle en forme de futur.

La pensée a donc une fonction logique, une fonction d'efficacité, à condition d'être impersonnelle. Elle porte en elle le savoir accumulé sous forme de science, et un entassement d'idées. Le savoir prend de plus en plus d'importance, et pourtant le savoir — c'est-à-dire le connu — empêche l'esprit de transcender les limites du présent et du passé. La pensée ne peut fonctionner que dans le cadre du connu, bien qu'elle puisse se projeter une image de l'inconnu, une image conforme à son conditionnement, à la connaissance qu'elle a du connu. C'est un phénomène observable partout dans le monde — illustré par l'idéal, l'avenir, la notion de « ce qui devrait être », ou encore par le fait de projeter dans l'avenir des événements conformes au milieu, au conditionnement, à l'éducation, à l'environnement propres à chacun. La pensée est également responsable de notre comportement — de la vulgarité, de la grossièreté, de la brutalité, de la violence présentes dans toutes les relations. Ainsi, la pensée est mesurable selon tous ces critères.

L'Occident, c'est l'explosion de la culture

grecque, or les Grecs pensaient en termes de mesure. Pour eux, les mathématiques, la logique, la philosophie résultaient directement d'un système de mesure — qui n'est autre que la pensée. Si l'on ne comprend pas l'ensemble du mécanisme de la pensée et son immense portée, si l'on ne saisit pas à quel moment et en quelles circonstances elle devient totalement destructrice, alors méditer ne veut plus rien dire. Faute de comprendre vraiment tout ce mécanisme, d'en avoir une vision parfaitement claire, vous ne pourrez jamais aller plus loin. En Orient, l'explosion culturelle majeure est venue de l'Inde, dont l'influence s'est étendue à toute l'Asie. (Je ne parle pas de l'Inde contemporaine, mais de l'Inde antique — les Indiens d'aujourd'hui sont comme vous — sentimentaux, vulgaires, superstitieux, peureux, avides d'argent, de réussite sociale, de pouvoir, de prestige, assujettis aux gourous, dont les activités fort lucratives se répandent, comme vous le savez, partout dans le monde ; ce qui différencie les Indiens, c'est leur couleur de peau, leur climat, et, en partie, leurs valeurs morales.) Selon les anciens Indiens, toute mesure est une forme d'illusion, car ce qui peut être mesuré est par définition limité ; et si vous fondez sur la mesure — donc la pensée — toutes vos structures, toute votre morale, toute votre existence, vous ne pourrez jamais être libre. Ils affirmaient donc, si mes renseignements sont exacts, que le réel n'est autre que l'immesurable — le mesurable étant l'irréel qu'ils baptisèrent du nom de Maya.

C'est la pensée — telle qu'en témoignent l'intellect, la capacité de comprendre, d'observer, l'aptitude à la réflexion logique qui nous est commune, ou encore la capacité d'élaborer des plans et de les mettre en œuvre — c'est la pensée qui a façonné l'esprit humain, le comportement humain. On dit en Asie que pour découvrir l'immesurable il faut contrôler la pensée, la modeler en adoptant une attitude, une conduite vertueuses, et en s'infligeant à titre personnel diverses formes de sacrifice, etc. C'est exactement la même chose en Occident, où l'on dit aussi qu'il faut savoir se contrôler, bien se conduire, ne pas faire de mal, s'abstenir de tuer, mais l'Orient comme l'Occident ont été malfaisants, n'ont pas hésité à tuer, ont commis tous les méfaits possibles.

Nous ne pouvons absolument pas nier que la pensée soit le problème clé de notre existence. Certes nous pouvons imaginer que nous avons une âme, ou qu'il existe un Dieu, un paradis, un enfer, mais toutes ces inventions, c'est la pensée qui nous les souffle ; les notions les plus nobles comme les laideurs de l'existence sont le fruit du mécanisme de notre pensée. On se pose donc la question suivante : si le monde, si l'existence dans ses manifestations extérieures sont le résultat d'une philosophie, d'une physique mécanistes, quel rôle la pensée doit-elle jouer dans la relation, et dans l'exploration de l'immesurable, à supposer qu'il existe ? C'est ce qu'il vous faut découvrir, et nous allons partir ensemble dans cette voie.

Je veux savoir ce qu'est la pensée, et quelle

signification elle a par rapport à notre existence. Si la pensée est mesurable, et par conséquent très limitée, est-elle apte à explorer ce qui ne procède ni du temps, ni de l'expérience, ni du savoir ? Comprenez-vous ma question ? La pensée est-elle en mesure d'explorer l'immesurable, l'inconnu, l'indicible, l'intemporel, l'éternel (peu importe la dénomination, on les compte par douzaines) ? Car si la pensée est inapte à explorer cet infini, quelle forme d'esprit sera capable de pénétrer dans cette dimension qu'aucun mot ne saurait décrire ? Vous suivez ? Car le mot, c'est l'expression de la pensée. On utilise un mot pour faire partager une idée, une pensée, un sentiment particuliers. La pensée, dont le rôle est de mémoriser, d'imaginer, d'inventer, de concevoir, de calculer, et qui, par conséquent, fonctionne à partir d'un centre, qui n'est autre que le savoir accumulé sous forme de « moi », cette pensée peut-elle explorer une chose qui échappe totalement à son entendement ? Car la pensée ne peut fonctionner que dans le cadre du connu, sinon elle est désorientée, incapable de rien.

Qu'est-ce donc que la pensée ? Je veux en avoir le cœur net. Et découvrir quelle est la place qui lui revient. Nous avons dit qu'elle était l'écho de la mémoire, de l'expérience, du savoir emmagasinés dans les cellules cérébrales. Par conséquent, elle est le résultat de ce développement, de cette évolution qui constituent le temps. Elle est donc le résultat du temps, et ne peut fonctionner que dans les limites du cadre qu'elle se crée elle-même. Et cet espace — fort limité — n'est autre que le « moi » et le « non-moi ». La pensée — tout ce mécanisme des activités mentales — a certes un rôle à jouer, une place légitime. Mais dans le cadre des relations entre deux êtres humains, elle devient destructrice. Cela, le percevez-vous ? La pensée n'est que le produit du savoir, du temps, de l'évolution, et l'expression d'une philosophie, d'une science mécanistes, fondées sur la pensée logique — ce qui n'exclut pas l'éclosion occasionnelle d'une nouvelle découverte ne relevant absolument pas de la pensée logique. Il arrive qu'on découvre quelque chose d'inédit, sans que la pensée n'intervienne dans cette découverte. On traduit ensuite ce qu'on a découvert en termes de pensée, en termes de connu. Par exemple, lorsqu'un grand savant fait une nouvelle découverte, quelle que soit l'ampleur de ses connaissances, à l'instant précis de la découverte, son savoir ne joue pas, il est absent : c'est un éclair d'intuition, un flash de vision qui agit en lui. Ensuite il traduit cette chose inédite en termes de connu — en mots, en phrases, en séquences logiques. Et dans ce cadre-là, la pensée est effectivement nécessaire.

Le savoir est donc absolument essentiel. Que l'on contribue à son enrichissement ou que l'on puise à sa source, l'immensité du savoir est indispensable à l'homme. Mais dans le cadre relationnel, est-il indispensable ? Nous sommes tous liés les uns aux autres, nous vivons sur la même planète, qui n'est ni la terre des chrétiens, ni celle des Anglais ou des Indiens, mais *notre* terre — et sa beauté, ses merveilleuses richesses appartiennent à nous tous, c'est notre terre, faite pour nous accueillir tous. Quelle est la juste place de la pensée dans la relation ? Être en relation signifie être relié à autrui, se répondre réciproquement, en toute liberté, mais aussi avec la responsabilité qui va de pair. Quel rôle la pensée a-t-elle à jouer dans la relation ? Cette pensée, qui est capable de se remémorer, d'imaginer, de concevoir, de planifier, de calculer, quelle juste place lui revient dans la relation ? En a-t-elle vraiment une ? J'attire votre attention sur le fait que c'est en nous-même et nulle part ailleurs qu'il faut chercher les réponses — et pas de manière mécanique.

La pensée est-elle identifiable à l'amour ? Ne dites pas tout de suite non : interrogeons-nous ensemble, examinons le fond du problème. Qu'en est-il de notre relation lorsque nous vivons sous le même toit, de quoi est faite la relation que nous entretenons avec notre mari, notre femme, nos amis ? Est-elle fondée sur la pensée (ce qui inclut le sentiment, car les deux sont indissociables) ? Si tel est le cas, la relation devient alors mécanique. Et le plus souvent, les relations que nous entretenons les uns avec les autres sont des relations mécaniques. J'entends par là que la pensée façonne une certaine image de vous et de moi. Et ces images, chacun d'entre nous les crée et les renforce au fil des jours, au fil des ans. Vous vous êtes forgé une certaine image de moi, et réciproquement : ces images sont le produit de la pensée. L'image devient une défense, une résistance, un calcul. Chacun s'entoure d'une muraille qui le protège et tient l'autre à distance : et voilà ce qu'on appelle une relation — c'est un fait.

Notre relation est donc le produit direct de la pensée — un produit calculé, mémorisé, imaginé, inventé de toutes pièces. Ce serait donc cela, la relation ? Il est facile de répondre : « Non, bien sûr que non. » Pourtant le fait est là : telles sont effectivement nos relations. Inutile de se leurrer, les faits parlent d'eux-mêmes. Je n'ai pas envie d'être blessé, mais cela ne me gêne guère de vous blesser ; c'est ainsi que j'adopte une position de résistance, et vous de même. Ce processus interrelationnel se transforme en une mécanique destructrice à laquelle nous cherchons, consciemment ou inconsciemment, à échapper.

La vision pénétrante me permet de découvrir que toute interférence de la pensée dans la relation donne à celle-ci un caractère mécanique. Constater cela, voir que la pensée, lorsqu'elle interfère dans la relation, est aussi dangereuse qu'un serpent venimeux, un précipice ou un animal sauvage, est pour moi *un fait capital*. Ce fait, je le vois. Que faire alors ? Je vois que la pensée est nécessaire à un certain niveau, mais extrêmement destructrice dans le cadre de la relation. Par exemple, vous m'avez blessé, vous m'avez dit certaines choses, vous m'avez flatté, vous m'avez procuré du plaisir, d'ordre sexuel ou autre, vous m'avez persécuté ou fait des scènes, vous m'avez dominé, vous m'avez causé des frustrations — je tire de tout cela une certaine image, certaines conclusions vous concernant. Et lorsque je vous vois, cette image se projette en moi. J'ai beau essayer de la maîtriser, de la refouler, elle persiste. Que faire dans ce cas ? Sinon examiner en toute lucidité tous les rouages du mécanisme de la pensée, observer dans sa globalité, sans être orienté d'une manière ou d'une autre, toute la mécanique de l'existence humaine, sous ses aspects extérieurs et intérieurs — et ce faisant je vois qu'il s'agit du même processus, du même mouvement. Mais si l'esprit veut aller plus loin, dépasser ce niveau, prendre de la hauteur, comment la pensée peut-elle être dotée de suffisamment d'ouverture pour que ses propres frustrations, dont elle est elle-même responsable, ne viennent plus interférer dans son jeu ? Sachez voir la *beauté* de tout ce que nous découvrons !

Car si l'on ne comprend pas, si l'on n'entre pas dans cet état, dans cette dimension où la pensée n'aura jamais accès, l'existence se réduit à une routine mécanique, ennuyeuse et lassante — vous savez de quoi je parle. Et sachant ce que nous réserve de solitude et de terrible laideur une telle existence, ponctuée çà et là d'une joie, d'un plaisir éphémères, on voudrait pouvoir fuir, échapper à toute cette horreur. Voilà pourquoi nous créons, nous inventons tous ces mythes — et les mythes ont un certain rôle à jouer. Le mythe chrétien a été un facteur de rassemblement, les Indiens ont eux aussi de grands mythes, qui suscitent une certaine unité ; mais quand ces mythes disparaissent, il se produit un phénomène de fragmentation, et c'est précisément le cas dans le monde d'aujourd'hui. Si vous réfléchissez à ces questions de manière vraiment sérieuse, vous n'adhérerez plus à des mythes comme celui de Bouddha ou du Christ — vous renoncerez à tout cela.

Comment l'esprit va-t-il s'y prendre pour faire naître une harmonie telle qu'il n'y ait plus de clivage entre le connu et cet état où l'on est libéré du connu ? Le connu — c'est-à-dire le savoir, le fonctionnement de la pensée — côtoyant alors cet état de délivrance, dans une harmonie parfaite, dans un mouvement conjugué plein d'équilibre et de beauté. Avez-vous compris ? Mais d'abord, avez-vous saisi la question ? Et la beauté de cette question ? Il ne s'agit pas d'une intégration entre ces deux univers, ce qui est impossible, car toute intégration sous-entend de rassembler des éléments épars, d'en ajouter de nouveaux, ou d'éliminer ceux qui sont caducs, ce qui suppose une entité capable de le faire, un agent extérieur qui ne saurait être autre chose qu'une invention de la pensée, au même titre que l'âme, ou l'atman en Inde, etc. — qui sont indissociables de la pensée. Ma question est celle-ci : est-il possible, à l'image de deux rivières mêlant leurs eaux et poursuivant ensemble leur cours, que convergent de même le connu et l'inconnu, l'état où l'on est libéré du connu et celui où l'esprit, grâce à la vision pénétrante, plonge dans une dimension où la pensée est hors de propos ?

La chose est-elle possible ? Ou n'est-ce qu'une simple idée, une simple théorie (bien que le sens étymologique de *théorie* soit la faculté d'intuition lucide, la capacité à saisir instantanément une vérité, l'acte de contempler) ? Le problème tourne autour de la pensée et de la non-pensée. Lorsque je dois bâtir un pont, écrire un livre, faire un discours, planifier mes déplacements, j'ai recours à la pensée. Mais dans le cadre de la relation, toute pensée est exclue, car là c'est d'amour qu'il s'agit. Amour et pensée peuvent-ils se côtoyer en permanence ?

Peuvent-ils coexister harmonieusement, de sorte que la clé du comportement humain ne soit plus la pensée, car la relation entre deux êtres se résume alors à un face à face mécanique et codé entre deux images ? Peut-il se faire que le mouvement du savoir — qui est en perpétuelle évolution, qui n'est pas statique, qui s'enrichit sans cesse — se double d'un mouvement auquel la pensée en tant que faiseuse d'images ne participe pas du tout ? Si la question est claire, vous verrez alors que la pensée, toujours en action, prétend que, pour parvenir à cela, il faut exercer un contrôle, maîtriser la pensée, la contenir, ne pas la laisser s'insinuer dans la relation — bref, qu'il faut bâtir un mur protecteur. Vous comprenez ? La pensée ne cesse donc de calculer, d'imaginer, de raviver des souvenirs — par exemple le souvenir des propos d'un certain orateur évoquant la nécessaire convergence entre ces deux mouvements. La pensée dit alors : « Cette idée est magnifique, je ne dois pas l'oublier » — puis elle stocke tout cela sous forme de souvenir, et elle agit par la suite sur la base de ce souvenir. Toutes les philosophies, toutes les civilisations de type mécaniste, toutes les structures religieuses ont pour fondement cette notion de contrôle : « Contrôlez, et quand vous aurez suffisamment contrôlé, suffisamment réprimé, vous serez libre », vous disent-elles — ce qui est pure stupidité !

La pensée se met donc à élaborer un code de comportement visant à obtenir cette harmonie. Ce qui a pour effet de la *détruire* ! Je perçois cet état de fait : je vois en toute lucidité que la solution au problème n'est pas le contrôle — qui sous-entend le refoulement et qui suppose la présence d'une entité qui contrôle, cette entité étant en fait la pensée prenant forme de « contrôleur », d'observateur, de sujet qui regarde, ou qui vit l'expérience, de penseur. La vision pénétrante m'ouvre les yeux sur ces faits. Et l'esprit dans tout cela, que fait-il ?

Comment avoir cette vision lucide ? Qu'est-ce au juste que la « vision pénétrante » ? Comment advient-elle ? Vous savez ce que j'entends par « vision pénétrante » : c'est le fait de voir de manière instantanée si une chose est vraie ou fausse. Cela vous arrive occasionnellement. Vous voyez quelque chose de façon pleine et entière et vous dites : « Mon Dieu, c'est tout à fait vrai ! » Quel est donc cet état où l'esprit se dit : « Est-ce bien la vérité des faits ? » — démarche qui n'a rien à voir avec la pensée, ni avec la logique ou la dialectique — qui, elles, relèvent de l'opinion. Qu'en est-il de cet état où l'esprit voit instantanément le fait, dans son authentique vérité ? Il va de soi que, si le penseur est là, toute vraie perception est exclue. N'est-ce pas ? La perception n'a pas lieu si la pensée décrète : « Je vais susciter en moi un état extraordinaire, en m'imposant le refoulement, le contrôle, diverses formes de sacrifice, l'ascétisme, un interdit sexuel (ou que sais-je encore) » — tous ces phénomènes exprimant un espoir identique : celui de rencontrer l'autre dimension, l'absolu. Notre quête d'absolu est due au caractère limité, ennuyeux, fastidieux et mécanique de notre existence ; ainsi, dans son désir de jouir d'un surcroît de plaisir et d'exaltation, l'esprit admet l'existence de cet absolu infiniment autre.

*

* *

Qu'est-ce qu'une observation privée d'observateur ? C'est ce que nous allons maintenant examiner. L'observateur n'est autre que le passé : il reste confiné dans le périmètre de la pensée, qui est le résultat du savoir, donc de l'expérience, etc. Existe-t-il une forme d'observation où l'observateur — c'est-à-dire le passé — soit absent ? Puis-je vous regarder, regarder ma femme, mon ami, mon voisin, sans que s'interpose cette image que je me suis forgée au fil de la relation ? Puis-je vous regarder sans que rien de tout cela prenne corps ? Est-ce possible ? Vous m'avez blessé, vous avez eu à mon encontre des propos déplaisants, vous avez propagé des rumeurs scandaleuses sur mon compte. Suis-je capable de vous regarder sans évoquer tous ces souvenirs ? Autrement dit, sans aucune interférence de la pensée, qui a mémorisé l'insulte, la blessure, ou la flatterie ? Puis-je regarder l'arbre en faisant abstraction de tout ce que je sais de lui ? Puis-je écouter le chant de la rivière qui coule près d'ici, sans la nommer, sans l'identifier — en étant simplement attentif à la beauté de ce chant ? En êtes-vous capable ? Certes, vous pouvez écouter la rivière, contempler la montagne sans aucun calcul ni objectif précis, mais êtes-vous capable de vous regarder en face, avec tout le bagage conscient et inconscient que vous avez accumulé, et de porter sur vous-même un regard qui n'ait pas été touché par le passé ? Avez-vous déjà essayé ? (Pardonnez-moi, je ferais mieux d'éviter le terme « essayer », qui est erroné.) Avez-vous déjà *fait* la démarche ? Avez-vous déjà regardé votre femme, votre petit(e) ami(e), ou que sais-je encore, sans qu'intervienne la moindre réminiscence du passé ? Vous découvrez alors que la pensée est répétitive et mécanique, qu'en sa présence, il n'est point de relation, et que l'amour ne peut être le fruit de la pensée. D'où il résulte qu'il ne faut pas parler d'amour divin et d'amour humain : il n'y a que l'amour.

*
* *

Sans le mot, la pensée existe-t-elle ? Ou bien l'esprit est-il à ce point esclave des mots que, sans le mot, il est incapable de percevoir le processus de la pensée ? En d'autres termes : suis-je en mesure, l'esprit est-il en mesure, sans le mot, d'observer le « moi », d'observer tout le contenu du « moi » ? Observer ce que je suis sans me livrer à des associations — l'association étant le mot, la mémoire, le souvenir —, c'est apprendre à me découvrir, hors de toute influence des souvenirs, du savoir accumulé sous forme d'expériences telles que la colère, la jalousie, l'antagonisme, ou la soif de pouvoir. Puis-je donc me regarder en face — non, ne disons pas « je », mais plutôt : l'esprit peut-il s'observer lui-même sans passer par le processus verbal, sachant que le verbe, c'est le penseur, que le mot, c'est l'observateur ?

Pour être capable d'une telle lucidité, l'esprit doit être dégagé de tout attachement, aussi bien à l'égard d'une conclusion, qui n'est rien d'autre qu'une image, qu'envers une idée, qui est le produit de la pensée — l'idée étant exprimée à l'aide de mots, de phrases, de concepts. L'esprit ne doit être attaché à aucun principe, à aucun processus impliquant la peur et le plaisir. Percevoir de cette façon-là constitue la plus haute forme de discipline qui soit — la « discipline » n'étant pas ici l'art d'obéir, mais l'art d'apprendre.

Nous nous sommes d'abord posé, dans une interrogation commune, la question de savoir quelle était la juste place de la pensée dans l'existence. Il est vrai que toute notre vie, telle qu'elle se présente aujourd'hui, toute notre existence se fonde sur la pensée. La pensée peut s'imaginer que ce n'est pas elle qui constitue le socle de notre existence, que l'existence a d'autres fondements, d'ordre plus spirituel, mais c'est toujours *elle* qui émet toutes ces hypothèses. Nos dieux, nos sauveurs, nos maîtres, nos gourous, sont les émanations de la pensée. Quelle place faut-il laisser à la pensée dans la vie, dans l'existence ? Elle a un rôle à jouer — un rôle logique et sain visant à l'efficacité — lorsque le savoir fonctionne sans que le « moi » s'interpose en disant : « En tant que scientifique, je suis supérieur à Untel », ou encore : « Je suis un gourou bien supérieur à tel autre. » Donc, le savoir — lorsqu'il est utilisé en faisant abstraction de ce « moi », émanation de la pensée et source de cette division entre « moi » et « vous » — devient une chose fabuleuse, extraordinaire, car il est alors capable d'engendrer un monde meilleur, une meilleure organisation du monde, une meilleure société. Nous disposons d'un savoir suffisant pour faire éclore un monde de bonheur, où chacun aurait de quoi manger, se vêtir, se loger, où chacun pourrait suivre sa vocation, un monde sans ghettos, mais cela nous est refusé parce que la pensée crée en elle-même une scission, un clivage entre « moi » et « vous », entre mon pays et votre pays, entre mon abominable Dieu et le vôtre, tout aussi abominable — et c'est la guerre entre vous et moi.

La pensée, sous forme de mémoire, de souvenirs, d'imagination, d'aptitude à concevoir, a un rôle sain et logique à jouer, mais elle ne doit sous aucun prétexte s'immiscer dans la relation. Si vous voyez vraiment la situation — pas au simple niveau logique ou verbal, qui sous-entend : « Si je fais cela, je vais être plus heureux », ni par le biais des mots, de l'imagination, des formules — si vous voyez la véracité des faits, alors vous y êtes. Et il n'y a plus de conflit. Cela advient spontanément, comme le fruit mûrit naturellement sur l'arbre.

Interlocuteur : Quelle relation y a-t-il entre le corps et la pensée ?

Krishnamurti : Si je n'avais pas de corps, serais-je capable de penser ? Sans le corps, sans l'organisme tout entier, avec ses nerfs, sa sensitivité, tous les mécanismes, tout le fonctionnement de notre système corporel, en l'absence de tout cela, la pensée existerait-elle ? Si je n'avais pas de cerveau, s'il n'y avait pas ces cellules qui sont l'habitacle de la mémoire, ce cerveau connecté à l'ensemble du corps par le système nerveux, la pensée existerait-elle ?

Lorsque le corps meurt, qu'advient-il à la pensée que nous avons créée ? J'ai vécu trente ans — ou cinquante, ou cent ans — et j'ai passé la plupart de mon temps à travailler dans un bureau — allez savoir pourquoi —, à gagner ma vie, à me battre, en proie à des querelles, à des zizanies permanentes, en proie à la jalousie et l'angoisse. Vous connaissez ma vie, et l'horreur de l'existence que je mène. Je *suis* tout cela : c'est moi. Ce « moi » est-il différent du corps ? Examinez la question très attentivement. Ce « moi » est-il différent de l'instrument de la pensée ? De toute évidence, oui, il en est distinct. Le « moi » résulte de l'évocation répétée des blessures, des souffrances, des plaisirs, de tout ce capital de mémoire stocké dans les cellules cérébrales sous forme de pensée. Cette pensée survivra-t-elle à la mort physique ? Posez-vous la question : lorsque mon frère ou mon ami — que j'ai gardé présent dans ma mémoire, que j'ai aimé, avec qui j'ai si souvent marché, avec qui j'ai joui de tant de choses —, lorsque ce frère, lorsque cet ami meurt, est-ce que je me souviens de lui ? Est-ce qu'il existe ? Je tiens à lui, et je ne veux pas le perdre. Je l'ai perdu physiquement, pourtant je ne veux pas le perdre. Observez bien ce qui se passe. Je ne veux pas le perdre. J'ai en moi le souvenir profond de l'expérience, du plaisir, de la souffrance associés à cette personne, je tiens à tout cela, et je m'y accroche.

La pensée dit alors : « Il vit, il vit vraiment, nous nous retrouverons dans une autre vie, ou au paradis. J'aime cette idée, elle me rassure » — et voilà que vous venez me dire : « Quelle stupidité ! Vous n'êtes qu'un vieillard superstitieux », alors je me rebiffe contre vous, car cette idée de survie m'apporte un immense réconfort. Ce que je recherche, c'est donc le réconfort — je suis en quête de réconfort, pas de vérité. Si, en revanche, je ne suis pas en quête de réconfort, sous quelque forme que ce soit — quels sont les faits ? Si, comme des millions de personnes, j'ai vécu une petite vie bancale et médiocre, marquée par la jalousie et l'angoisse, cela me donne-t-il une importance quelconque ? Je ne suis qu'une goutte d'eau dans le vaste océan de l'humanité. La mort m'attend. Je m'agrippe pourtant à ma petite vie, je veux qu'elle continue, dans l'espoir de rencontrer le bonheur un jour, dans l'avenir. Et je meurs avec cette idée en tête. Je suis comme ces millions d'autres, nageant dans un immense océan de vie — une vie dérisoire, dénuée de sens, dénuée de beauté, vide de toute réalité authentique. Mais si l'esprit s'arrache à ce vaste courant — ainsi qu'il doit le faire —, une dimension d'une tout autre espèce s'ouvre alors. Le processus de l'existence ne consiste en rien d'autre qu'à s'éloigner de ce vaste courant de laideur et de violence. Mais parce que tout cela est au-dessus de nos forces, parce que nous n'avons pas l'énergie, la vitalité, la passion, l'amour nécessaires pour nous arracher à ce courant, nous nous laissons entraîner par le flot.

Brockwood Park, le 9 septembre 1972

L'observation permet de constater par soi-même que la pensée, en dépit de sa subtilité, est à l'origine du phénomène humain extraordinaire qu'est la relation, mais aussi du comportement social des hommes, et de leurs divisions. Or où il y a division, il y a forcément conflit et violence. Qu'il s'agisse de différences linguistiques, de différences de classe, ou des différences engendrées par les idéologies ou les systèmes en place, ces divisions sont d'inévitables sources de violence. Et tant qu'on n'a pas compris en profondeur comment cette violence est advenue, sans s'arrêter aux simples causes, mais en remontant beaucoup plus loin, bien au-delà de la notion de causalité, nous ne pourrons jamais — en tout cas c'est mon sentiment — nous affranchir de la souffrance, de la confusion et de la violence extrêmes qui règnent actuellement dans le monde.

Je me pose donc cette question, et nous allons aussi nous la poser réciproquement : qu'est-ce que la liberté, à l'échelle de la pensée et du comportement humain ? Car c'est notre comportement dans la vie quotidienne qui est responsable du chaos qui affecte le monde. Est-il possible d'être absolument libre, libéré de la pensée ? Et si cette liberté existe, quel rôle tient alors la pensée ? Il ne s'agit pas là de considérations intellectuelles, philosophiques — j'insiste sur ce point. La philosophie, au sens étymologique du terme, c'est l'amour de la vérité — et non pas des spéculations, des opinions toutes faites, des conclusions hâtives ou une perception théorique des choses. La philosophie au sens réel du terme, c'est l'amour de la vérité, dans notre vie et dans notre comportement de tous les jours. Pour approfondir cette question de manière sérieuse — et j'espère que vous le ferez —, il faut s'enquérir, il faut apprendre, et non mémoriser une chose que nous croyons vraie, ou sur laquelle nous avons déjà des conclusions — car nous n'allons pas arriver à la moindre conclusion. Contrairement aux idées reçues, la vérité n'est pas une conclusion. Une conclusion ne peut prendre corps que lorsque la pensée émet des opinions, des vérités d'ordre dialectique. Lorsqu'elle s'accompagne de conclusions, la pensée devient un ferment de division.

Ce qu'il faut, c'est découvrir par nos propres moyens — et donc apprendre — ce qu'est la pensée, c'est savoir si cette pensée, si rationnelle, logique, saine, objective qu'elle puisse être, est susceptible ou non de déclencher une révolution psychologique dans notre comportement. La pensée est toujours conditionnée, puisqu'elle est le reflet de la mémoire, de l'expérience, du savoir, de tout ce capital accumulé. Elle a sa source dans ce conditionnement, c'est pourquoi elle ne pourra jamais susciter une conduite juste. Saisissons-nous cela ? Car j'ai rencontré, aux quatre coins du monde, beaucoup de psychologues qui, face au vrai visage des êtres humains, à leurs comportements contradictoires, à leurs souffrances, ne cessent de dire que la solution consiste à les reconditionner, mais d'une autre manière — par la récompense. Autrement dit, au lieu de les punir pour leur mauvaise conduite, on les récompense pour leur bonne conduite, et l'on oublie ce qu'ils ont fait de mal. C'est ainsi que dès la plus tendre enfance on est conditionné, à coups de récompenses, à adopter une attitude correcte — ou considérée comme telle — et non antisociale. Pourtant, ces êtres-là vivent encore dans la lignée de la pensée. Elle est à leurs yeux de la plus haute importance, et ils affirment, comme le font les communistes et d'autres aussi, qu'il faut remodeler la pensée, la reconditionner différemment, et que de ces nouvelles structures naîtront d'autres comportements. Mais ils vivent toujours selon les mêmes schémas — ceux de la pensée.

Les bouddhistes, dans l'Inde ancienne, de même que toutes les religions, ont cherché à remodeler la pensée. Mais le comportement humain, avec toutes ses contradictions, sa fragmentation, est le résultat de la pensée. Et, si nous voulons changer ce comportement de manière radicale — et que ce changement n'affecte pas notre existence de façon marginale, périphérique, mais touche le niveau le plus profond de notre être —, il faut examiner cette question de la pensée. Cela, c'est *vous* qui devez le voir, pas moi. Vous devez voir cette vérité, à savoir qu'il est impératif de comprendre ce qu'est la pensée, d'apprendre ce qu'il en est d'elle. Il faut que ce soit extrêmement important pour vous — mais pas parce que c'est l'orateur qui le dit. L'orateur n'a pas la moindre importance. Ce qui en a, c'est ce que vous êtes en train d'apprendre — pas ce que vous mémorisez. Si vous vous contentez de répéter ce que dit l'orateur, pour approuver ou réfuter ses propos, vous n'aurez fait qu'effleurer le problème. Si, au contraire, vous voulez vraiment résoudre ce problème qui concerne toute l'humanité, et qui est de savoir comment vivre en paix, dans l'amour, sans peur et sans violence, vous devez examiner cette question à fond.

Mais comment apprendre ce qu'est la liberté ? La liberté ne consistant pas à s'affranchir de l'oppression, de la peur, ou de toutes ces causes mineures de tracas, mais à s'affranchir de la source même de la peur, de la source même de nos antagonismes, de la racine même de notre être, au sein duquel règnent ces épouvantables contradictions, cette effroyable course au plaisir, et tous ces dieux que nous avons créés, avec leurs églises et leurs prêtres — inutile d'en dire plus, vous connaissez toute l'histoire. Il faut donc, me semble-t-il, se demander si l'on veut que la liberté concerne la périphérie ou le noyau même de notre existence. Et si vous voulez apprendre ce qu'est la liberté à la source même de toute existence, alors il faut apprendre à connaître la pensée. Si cette question est claire, et ce n'est pas d'explications verbales qu'il s'agit ici, ni des idées qu'on peut en tirer — mais si vous ressentez ce questionnement sur la pensée comme une nécessité absolue, alors nous pourrons faire la route ensemble. Car il nous suffirait de comprendre cette problématique pour avoir la réponse à toutes nos questions.

Il faut donc aussi savoir ce qu'est apprendre. D'abord, je veux apprendre s'il est ou non possible de s'affranchir de la pensée (et non comment l'utiliser). La question est donc la suivante : l'esprit peut-il être libéré de la pensée ? Et que signifie cette liberté ? La seule liberté que nous connaissions existe *par rapport* à ce dont on se libère — la peur, l'angoisse, etc., les exemples sont multiples. Mais existe-t-il une liberté qui ne soit pas une liberté contingente, mais la liberté en soi, l'essence même de la liberté ? Et lorsqu'on pose cette question, la réponse dépend-elle de la pensée ? La liberté, est-ce l'inexistence de la pensée ? Ce qui voudrait dire qu'apprendre est synonyme de perception immédiate — et dans ce cas, ce n'est pas une question de temps. Je ne sais pas si vous saisissez bien. J'attire votre attention sur ce point, dont l'importance est véritablement fabuleuse !

Saanen, le 15 juillet 1973

J'espère que vous et moi avons la même perception des choses, et que nous comprenons — non seulement au niveau verbal mais aussi non verbal — que pour affronter ces problèmes, qu'ils soient d'ordre économique, social, religieux ou personnel, il nous faut un cœur, un esprit, qui ne soient pas une pure émanation de la pensée. La pensée ne résoudra jamais nos problèmes, car ils naissent des activités mêmes de la pensée. Or notre principal problème, c'est de faire advenir un changement psychologique fondamental, radical, révolutionnaire.

Extrait de *Réponses sur l'éducation*

Pour mettre fin à la pensée, je dois d'abord explorer en profondeur les mécanismes de nos processus mentaux. Je dois avoir une compréhension exhaustive de la pensée, la traquer au plus profond de moi. Je dois examiner chaque pensée, et faire en sorte de n'en laisser échapper aucune qui n'ait été pleinement comprise, afin que le cerveau, l'esprit, l'être tout entier deviennent très attentifs. Dès lors que je remonte toute la filière de la pensée, jusqu'aux racines, jusqu'au bout, je vais pouvoir constater que la pensée s'efface d'elle-même, sans que j'aie rien de spécial à faire — car la pensée n'est autre que la mémoire. La mémoire est la trace de l'expérience passée, et tant que l'expérience n'est pas pleinement, totalement comprise, elle laisse une trace derrière elle. Mais dès lors qu'une expérience est vécue de bout en bout, elle ne laisse aucune trace. Si nous examinons chaque pensée, si nous repérons la trace, et si nous restons fixés sur cette trace, sur ce fait, alors la pleine réalité du fait va se dévoiler, ce qui aura pour conséquence de mettre fin à ce processus mental particulier, et de permettre la compréhension de chacune de nos pensées, chacun de nos sentiments. Le cerveau et l'esprit se trouvent ainsi libérés d'une masse de souvenirs. Mais tout cela requiert une attention intense — une attention qui ne soit pas seulement tournée vers les arbres et les oiseaux, mais orientée vers l'intérieur, afin de s'assurer que chaque pensée est comprise.

SAANEN, LE 28 JUILLET 1974

L'esprit peut-il se vider de son passé et entrer en contact avec cette zone au fond de lui-même qui n'est pas touchée par la pensée ? Nous n'avons jusqu'ici fonctionné que dans le périmètre des zones occupées par la pensée, sous forme de savoir. Existe-t-il une autre zone, une autre partie de l'esprit — donc du cerveau — qui ne soit pas touchée par les conflits humains, par la douleur, l'angoisse, la peur, la violence — bref, par tout ce dont l'homme s'est rendu coupable par l'intermédiaire de la pensée ? La découverte de cette zone est la vraie méditation. Cela suppose d'élucider cette question : la pensée peut-elle oui ou non prendre fin, tout en restant active si besoin est dans le domaine du savoir ? Le savoir nous est indispensable, nous ne pouvons pas fonctionner sans son aide, sans lui nous ne pourrions ni parler ni écrire, etc. Le savoir est nécessaire pour pouvoir fonctionner, mais son action devient névrotique lorsque la quête d'un certain statut devient prééminente, autrement dit lorsque la pensée entre en jeu sous forme de « moi », de statut à atteindre. Donc, le savoir est nécessaire, mais en même temps la méditation est la découverte, la rencontre inopinée, l'observation d'une zone dans laquelle le processus de la pensée n'a pas cours. Ces deux états peuvent-ils coexister harmonieusement dans notre quotidien ? Tout le problème est là : la chose est-elle possible sans exercices respiratoires, sans postures rigides, sans mantras à répéter, sans sommes folles à débourser juste pour apprendre un pauvre petit mot que l'on va répéter jusqu'à se croire au paradis, tout cela n'étant que monumentale — que dis-je — transcendantale idiotie !

SAANEN, LE 24 JUILLET 1975

Comment s'explique l'édification de cette structure qu'on appelle le « moi » ? Pourquoi la pensée a-t-elle élaboré une telle structure ? C'est une question tout à fait capitale, car de la réponse dépend notre vie tout entière. La situation mérite d'être vraiment prise au sérieux. Pourquoi la pensée a-t-elle créé le « moi » ? Que vous voyiez l'évidence de ce fait — à savoir que c'est la pensée qui a engendré le « moi » —, ou que vous disiez au contraire, comme tant d'autres, que le « moi » est d'origine divine, qu'il existe de toute éternité, ces positions valent aussi bien l'une que l'autre d'être examinées.

Pourquoi la pensée a-t-elle créé le « moi » ? Pourquoi ? Je n'en sais rien, mais je vais le découvrir. A votre avis, pourquoi la pensée a-t-elle créé le « moi » ?

Deux facteurs entrent en jeu. D'un côté, la pensée a besoin de stabilité, car seul un contexte de sécurité peut être satisfaisant pour le cerveau. Autrement dit, s'il se sent en sécurité, le cerveau fonctionne à merveille — soit sur un mode névrotique, soit de manière raisonnable. L'une des raisons à cela est que la pensée — par essence pleine d'incertitude, fragmentée, émiettée — a créé le « moi », considéré comme un élément permanent qui s'est ainsi dissocié d'elle, et qu'elle reconnaît comme une entité permanente. Et ce sont les signes d'attachement qui permettent d'identifier cette permanence : *ma* maison, *mon* caractère, *mes* souhaits, *mes* désirs — n'est-il pas vrai que tous ces signes d'attachement donnent au « moi » un sentiment de sécurité et de continuité parfaites ? Mais que dire de l'idée d'un « moi » qui serait antérieur à la pensée ? Qui peut se permettre d'affirmer que le « moi » préexiste à la pensée ? Si, comme beaucoup d'autres, vous affirmez cette préexistence du « moi », sur quel raisonnement, sur quelles bases repose votre affirmation ? Est-elle l'expression de la tradition, d'une croyance, le refus d'admettre que le « moi » soit un pur produit de la pensée, préférant à cela la notion d'un « moi » merveilleusement divin, ce qui n'est, là encore, que l'image, projetée par la pensée, d'un « moi » permanent ?

Ayant dûment examiné la situation, on écarte donc l'idée d'un « moi » d'origine divine, d'un « moi » éternel — ou que sais-je encore. Tout cela est tellement absurde ! On voit clairement que c'est la pensée qui a élaboré le « moi », ce « moi » devenu indépendant, ce « moi » qui a acquis un savoir, ce « moi » qui n'est autre que l'observateur, autrement dit le passé. Ce « moi » identifiable au passé passe par le présent et se modifie pour former le futur — mais c'est toujours le même « moi », d'abord engendré par la pensée, puis devenu indépendant d'elle. D'accord ? Pouvons-nous poursuivre à partir de ce point ? Surtout, n'adhérez pas d'emblée à la description de cet état de fait, aux mots qui le décrivent, mais voyez-en la *vérité*. Voyez-la comme vous voyez le micro qui est là, devant vous. Ce « moi » a un nom, une forme. Le « moi » a une étiquette — qui le désigne sous le nom de *K* ou de *John* — et il a une forme propre, il s'identifie au corps, au visage, etc. Il y a donc identification du « moi » avec le nom et la forme — qui constituent sa structure — et avec l'idéal qu'il se propose d'atteindre, ou avec le désir de changer ce « moi » en une autre forme de « moi », avec un autre nom. Voilà ce qu'est le « moi ». Il est le produit du temps, et donc de la pensée. Ce « moi » n'est autre que le mot. Otez le mot : que reste-t-il du « moi » ?

Or ce « moi » souffre. Le « moi », sous forme de « vous », souffre. Ce « moi » souffrant est identique à « vous ». Le « moi » en proie à une angoisse extrême n'est pas distinct de l'immense angoisse que « vous » éprouvez — vous et moi sommes donc identiques : l'essentiel est là. Peu importe que vous soyez plus grand, plus petit, plus intelligent, que vous soyez doté d'un tempérament ou d'un caractère différent : ces différences ne sont que l'écume apparente d'une culture, mais, pour l'essentiel, nous sommes tous foncièrement identiques.

Ce « moi » suit donc ce courant d'avidité, d'égoïsme, de peur, d'angoisse — ce qui revient à dire que *vous* suivez ce courant : vous êtes égoïste au même titre qu'un autre, vous avez peur, au même titre qu'un autre — vous avez mal, vous souffrez, vous pleurez, vous êtes avide, envieux ; pour l'essentiel, vous partagez le lot commun de l'humanité. Tel est le courant dans lequel se déroule notre existence actuelle. Tel est le courant qui nous entraîne tous. Autrement dit, nous vivons tous, nous baignons tous dans ce courant d'égoïsme. Ce mot englobe toutes les descriptions du « moi » que nous venons de faire. Et quand nous mourons, l'organisme physique meurt, mais ce courant égocentrique poursuit sa course.

Considérez la situation. Supposons que j'aie mené une existence très égoïste, axée sur une activité égocentrique — sur mes désirs, sur l'importance de mes désirs, sur l'ambition, l'avidité, l'envie, l'accumulation de biens, de connaissances, de toutes sortes de choses que j'ai engrangées ; voilà ce que je désigne sous le terme d'égocentrisme. Et c'est dans ce contexte que je vis : c'est cela, le « moi » — et c'est également « vous ». Au sein de notre relation, ce contexte est le même. Ainsi, tout au long de notre existence, nous voguons ensemble au gré de ce courant d'égocentrisme. Je n'exprime pas ici une opinion, une conclusion personnelle : c'est un fait. Il suffit d'observer, et vous le constaterez. Que l'on voyage aux Etats-Unis, en Inde ou dans n'importe quelle région d'Europe, c'est partout le même phénomène, avec des variantes dues à l'influence du milieu, mais, fondamentalement, c'est le même mouvement. Et lorsque le corps meurt, le mouvement continue.

Ce vaste courant d'égocentrisme — et je me permettrai d'inclure sous ce vocable tous les sous-entendus possibles — est donc le mouvement du temps ; et lorsque le corps meurt, celui-ci continue. Notre vie quotidienne se déroule au sein de ce courant, dans lequel nous sommes immergés jusqu'à notre mort, et lorsque nous mourons ce courant poursuit sa course. Ce courant, c'est le temps. C'est le mouvement de la pensée — qui a créé la souffrance, qui a créé le « moi », ce « moi » qui se distancie, puis s'affirme ensuite comme étant une entité indépendante et dissociée de vous. Mais ce « moi », lorsqu'il souffre, ne se distingue aucunement de vous. Le « moi », c'est donc le mot, la structure imaginée, inventée par la pensée. Il n'a pas de réalité propre. Il n'est qu'une émanation de la pensée ; car la pensée a besoin de sécurité, de certitude, elle a investi dans le « moi » toute sa soif de certitude. Et c'est une source de souffrance. Tant que nous sommes en vie, nous sommes emportés par ce mouvement, par ce courant d'égocentrisme. Et, à notre mort, ce courant continue.

Est-il possible que ce courant prenne fin ? Je meurs physiquement — c'est une évidence. Ma femme a beau pleurer ma mort, il n'empêche, le fait est là : je meurs, le corps meurt. Et ce mouvement du temps, dont nous faisons tous partie, continue. Voilà pourquoi le monde et moi ne faisons qu'un. Ce courant peut-il prendre fin — donnant lieu à un phénomène n'ayant rien à voir avec ce courant ? En d'autres termes, l'égocentrisme, avec toutes ses formes subtiles, peut-il être définitivement aboli ? Cette abolition équivaut à l'abolition du temps, et à l'apparition d'un phénomène tout à fait différent : l'absence totale d'égocentrisme.

Saanen, le 13 juillet 1976

Nous avons évoqué le processus de la pensée, la façon dont elle a édifié, tant du point de vue technologique que psychologique, le monde moderne dans lequel nous vivons, et le rôle qu'elle a joué dans les domaines de la science et de la psychologie. La pensée a façonné une multiplicité de religions, de sectes et de croyances, de dogmes et de rituels, de sauveurs, de gourous — et tout le reste de ce fatras religieux que vous connaissez bien. Nous avons également dit que la pensée, bien qu'ayant son rôle à jouer — un rôle limité, fragmentaire — est dans l'incapacité totale d'appréhender, de comprendre ou de rencontrer l'ultime tout. A supposer qu'il existe une telle réalité, une telle vérité, la pensée est définitivement inapte à découvrir cette dimension qui échappe à toute notion de temps. La pensée ne peut en aucun cas entrer en contact avec cet infini ; or, faute de comprendre cette globalité, cette dimension où le temps sous forme de pensée et de mesure n'existe pas, la pensée doit découvrir quelle est sa juste place, et se limiter à cet espace-là.

*
* *

J'aimerais à présent, si vous le voulez bien, aborder le problème de l'auto-observation. Lorsqu'on s'observe soi-même, cela ne veut pas dire s'isoler, se limiter, devenir égoïste, car — ainsi que nous l'avons expliqué — nous sommes le monde, et le monde, c'est nous. C'est un fait. Et lorsque, en tant qu'êtres humains, nous examinons l'intégralité du contenu de notre conscience, de tout ce que nous sommes, c'est l'être humain tout entier que nous observons — peu importe qu'il vive en Asie, en Europe ou en Amérique. Il ne s'agit donc pas d'une activité égocentrique. Lorsque nous nous observons nous-mêmes — loin de devenir égoïstes, nombrilistes, de plus en plus névrosés, déséquilibrés —, en nous regardant, en nous examinant de près, se révèle à nos yeux le panorama de la détresse humaine, des conflits et des tortures abominables que l'homme s'inflige à lui-même et fait subir à autrui. Il est donc capital de comprendre ce fait : nous sommes le monde, le monde, c'est nous. Certaines attitudes, certaines tendances peuvent, certes, nous différencier superficiellement, mais fondamentalement tous les êtres humains aux quatre coins de notre monde infortuné sont uniformément livrés à la détresse, à la confusion, à l'agitation, à la violence, au désespoir et à la plus extrême souffrance. Nous sommes tous logés à la même enseigne. Donc, quand nous nous observons, c'est l'ensemble de l'humanité que nous observons.

rence. Nous sommes tous [illegible] de la même conscience. Et là, quand nous nous observons, c'est l'ensemble de l'humanité que nous observons.

MADRAS, 18 DÉCEMBRE 1977

Pourquoi la pensée a-t-elle pris une importance aussi démesurée ? Serait-ce que la pensée [illegible] tout organisé [illegible] est-il possible de la remettre à sa juste place, de sorte qu'elle n'intervienne plus dans aucun autre domaine excepté le sien ? [illegible]

Qu'est-ce que la pensée ? Lorsque vous vous posez cette question [illegible] par la réflexion [illegible] que la pensée [illegible] Comment [illegible] remettre la pensée à sa place [illegible] ce qu'il faut faire [illegible] Est-ce que vous saisissez ?

Vous devez [illegible] chercher, trouver [illegible] à sa juste place [illegible] la sexualité [illegible] et tous les autres aspects de l'existence. La pensée peut-elle

Madras, le 31 décembre 1977

Pourquoi la pensée a-t-elle pris une importance aussi démesurée ? S'il est exact que la pensée engendre la peur et qu'elle ait fait jouer au passé, c'est-à-dire au savoir, un rôle prépondérant, est-il possible de la remettre à sa juste place, de sorte qu'elle n'intervienne plus dans aucun autre domaine excepté le sien ? Sommes-nous sur la même longueur d'onde ?

Qu'est-ce que la pensée ? Lorsque je vous pose cette question, comment réagissez-vous : par la réflexion, ou par l'*écoute* ? Remettre la pensée à sa juste place vous libère de la peur. Cette affirmation, l'*écoutez-vous* vraiment ? Ou dites-vous plutôt : « Comment dois-je m'y prendre pour remettre la pensée à sa place, dites-moi ce qu'il faut faire » ? Dans ce cas, vous n'écoutez pas vraiment : vous avez coupé le contact ! Est-ce que vous saisissez ?

Vous devez écouter, chercher, trouver, apprendre l'art de tout remettre à sa juste place — la sexualité, les émotions et tous les autres aspects de l'existence. La pensée peut-elle prendre conscience d'elle-même et de ses propres activités, et se créer ainsi sa juste place ? Comprenez-vous ? Actuellement, la pensée part dans toutes les directions, et l'une de ces directions est la peur. Pour comprendre la peur, il faut comprendre quelle place exacte revient à la pensée — et non chercher à l'arrêter. Vous pouvez toujours essayer d'arrêter la pensée..., vous n'y arriverez pas. Mais si vous parvenez à la remettre à sa juste place — pas *vous*, disons plutôt : lorsque la pensée se remet elle-même à sa place —, alors elle a tout compris, elle connaît ses limites, elle prend la mesure de ses capacités de raison, de logique, etc., mais sans outrepasser son rôle. Notre question est celle-ci : êtes-vous capable — ou plutôt la pensée est-elle capable de se voir telle qu'elle est, avec ses limites et ses aptitudes, et de dire : « Cette raison, cette aptitude ont leur rôle à jouer dans un cadre donné, mais partout ailleurs, la pensée est déplacée » ? Car l'amour, ce n'est pas la pensée — n'est-ce pas ? L'amour est-il le fruit de la pensée, du souvenir ?

Le souvenir de vos plaisirs, sexuels ou autres — est-ce cela, l'amour ? Ce que nous disons, nous, c'est que vous devez apprendre, et non mémoriser ni répéter ce qu'a dit l'orateur : il faut découvrir par vos propres moyens si la pensée a une juste place et sait où elle se situe, et, lorsqu'elle en aura pris conscience, elle ne s'égarera plus nulle part ailleurs — dès lors, la peur n'existe plus. Mais tout cela requiert de l'application — il faut tester la véracité de mes propos, et non les approuver verbalement, et il faut faire le test chaque jour, de sorte que vous compreniez (*vous* étant un terme inexact) que, ce « vous », c'est la pensée qui l'a créé. D'accord ? La pensée vous a créé différent d'elle, là réside l'un de nos problèmes. L'origine de la pensée n'est autre que le commencement de la mémoire. Chez l'homme primitif comme chez le singe anthropoïde, le souvenir est l'amorce de la pensée. Le cerveau enregistre, à la manière d'une bande magnétique, ce qui veut dire qu'il se souvient. L'origine de la pensée est le souvenir. C'est un fait simple et banal. La pensée peut-elle donc s'éveiller à elle-même, reconnaître qu'elle est la cause de la peur, et dire : « Je sais où est ma place » ? Cela demande en vérité non pas de la concentration, mais une extrême vigilance, une prise de conscience des implications liées à tout ce processus de la peur, et une compréhension du mouvement de la pensée.

Si vous faites cette démarche, si votre pensée explore les choses à fond, vous êtes dans la méditation authentique, car nul ne peut méditer sans que l'ordre règne dans son existence. Si votre vie quotidienne ne baigne pas dans un ordre parfait, la méditation n'est alors qu'un geste facile, une échappatoire, une quête illusoire et dénuée de sens. Voilà pourquoi, selon nous, pour qu'advienne la méditation authentique — dans la pleine acception de ce terme —, pour qu'adviennent l'intensité, la beauté, la lucidité et la compassion associées à cet état, vous devez d'abord ancrer votre vie quotidienne sur des bases d'ordre. Mais vous trouvez la chose extrêmement difficile. Vous courez donc vous asseoir en lotus sous un arbre ou vous retenez votre respiration, bref, vous vous livrez à toutes sortes de pratiques, croyant ainsi méditer.

Une possibilité extraordinaire vous est offerte — celle de vous affranchir totalement de la peur — mais à condition d'avoir écouté très attentivement ce qu'a dit l'orateur, car nous voyageons, nous avançons ensemble, en compagnons de route lancés dans une même exploration. Il n'est donc pas question de recevoir des leçons de qui que ce soit. Vous apprenez en chemin, au fur et à mesure que vous explorez. Toute notion d'autorité est exclue. Alors la pensée a-t-elle saisi à présent où est sa juste place ? Méditez là-dessus. Réfléchissez-y. Allez au fond des choses. Consacrez-y une demi-heure de votre vie — non, pas une demi-heure : consacrez votre *vie* à cette découverte ! Vous constaterez alors par vous-même — en tant qu'être humain représentant l'humanité, et dont la conscience se confond avec celle de tous les autres hommes — que lorsque la peur quitte cette conscience, vous, qui avez compris et transcendé la peur, vous modifiez alors la conscience de l'humanité. C'est un fait. Puis-je donc me permettre cette question : avez-vous appris — la pensée a-t-elle appris — l'art d'assigner à la pensée sa juste place ? Car dès qu'elle franchit ce pas, les portes du ciel lui sont ouvertes.

Madras, le 7 janvier 1978

Nous essayons ici de débusquer la nature profonde du moi : toute notre activité, en effet, se fonde sur le moi, sur la règle du « moi d'abord, vous après ». Au sein de toutes nos relations, comme dans nos activités de bureau, dans nos activités sociales, dans nos rapports les uns avec les autres, l'activité égocentrique est à l'œuvre en permanence — même lorsque nous méditons, même si nous sommes, en théorie du moins, profondément religieux. Qu'est-ce que le moi, l'ego ? Malheureusement, vous êtes sans doute nombreux à avoir lu des ouvrages de philosophie, des livres sacrés (terme inapproprié, car ce ne sont que des livres parmi d'autres). Il se peut aussi que quelqu'un — votre gourou ou votre chef religieux — vous ait parlé du moi comme d'une chose extraordinaire, promise de toute éternité à l'immortalité.

Nous soulevons donc une question apparemment très simple, mais en réalité immensément complexe. La façon dont on aborde cette question a beaucoup d'importance — soit qu'on ait peur, qu'on tire des conclusions d'avance, qu'on se fie à l'autorité de tiers, auquel cas notre approche est déjà limitée, circonscrite, soit qu'on s'aperçoive au contraire que pour mener à bien l'enquête, il faut être libre, toute investigation étant, sinon, impossible. Si vous avez des préjugés, des idéaux, des *a priori* ou des souhaits spécifiques, cela va peser sur votre enquête. Je me permettrai donc de vous poser une question : êtes-vous capable d'être libre — libre d'explorer ce problème avec grande attention, de manière saine et logique, et en toute liberté, afin de découvrir la nature profonde, l'essence même du moi ?... Bien qu'ayant une forme, un nom distinctifs, l'individu est-il une entité séparée, et l'identité de celui qui se sent, ou se croit, différent de ses semblables, est-elle réellement distincte ? Ses particularités, son caractère, ses excentricités, ses tendances, ses qualités — tous ces traits distinctifs sont-ils le résultat de la culture qui l'a bercé dès sa naissance, ou de la formation progressive du caractère sous forme d'une résistance à la culture ? C'est un point extrêmement important.

Il faut en premier lieu savoir ce que vous êtes. Du matin au soir et du soir au matin, votre activité est axée sur l'ego, sur des actes égocentriques. En quoi consiste-t-il donc, ce centre d'où rayonne votre action, ce centre d'où jaillit votre méditation, si vous méditez — et j'espère bien que non —, ce centre d'où naissent toutes vos peurs, toutes vos angoisses, toutes vos peines, toutes vos douleurs et toutes vos affections, ce centre qui vous inspire cette quête du bonheur, de l'éveil, de Dieu ou de la vérité — ou que sais-je encore —, ce centre d'où surgit l'idée de vous faire moine, ce centre où s'alimente, si vous êtes homme d'affaires, votre désir insatiable de pouvoir et de richesse ? Ce centre que nous sommes en train d'examiner n'est autre que le moi, l'ego. Qu'est-ce que l'ego, comment a-t-il pris corps ? Est-il possible de se connaître tel qu'on est réellement, et non pas tel qu'on *croit* ou qu'on souhaiterait être ? Est-il possible de connaître véritablement le moi, l'essence même de l'ego, est-il possible de dépasser toute cette activité fragmentée de l'ego ?

L'ego — ce centre — est-il une construction de la pensée ? Je vous invite à vous pencher sur la question, à l'explorer, et à raisonner comme si vous l'abordiez pour la première fois : alors le terrain est frais, alors l'investigation est possible. Mais si vous dites : « Je sais déjà ce qu'est l'ego, j'ai déjà tiré certaines conclusions concernant le moi », vous faites obstacle à votre propre enquête.

Qu'est-ce donc que le moi ? Et qu'êtes-vous au juste ? La question n'est pas de savoir *qui* vous êtes, mais *ce que* vous êtes véritablement — ce n'est pas du tout la même chose. Se demander *qui* l'on est, c'est enquêter sur quelqu'un qui vous éloigne toujours plus de ce centre, alors que s'enquérir de *ce que* l'on est vraiment — de *ce qui est* —, c'est être en prise directe avec la réalité des faits. La réalité authentique n'est autre que l'événement, le fait, tels qu'en eux-mêmes. Qu'êtes-vous donc ? Vous êtes un nom, une forme, le produit d'une société, d'une culture qui n'ont cessé de vous marteler depuis la nuit des temps l'idée que vous êtes une entité distincte, identifiable une fois pour toutes. Nous sommes bien d'accord ? Vous avez votre propre caractère, vos propres tendances — à l'agressivité, ou au contraire à la soumission. Tout cela n'est-il pas une incidence directe de la culture, elle-même issue en droite ligne de la pensée ? En fait, il est extrêmement difficile d'admettre ce constat très simple et logique, car on aimerait croire que le moi est quelque chose de tout à fait extraordinaire. Ce que nous mettons en évidence, au contraire c'est que *le moi n'est rien d'autre qu'un assemblage de mots et de souvenirs*. Par conséquent, *le moi n'est autre que le passé*. Se connaître soi-même, en revanche, c'est s'observer et voir ce que l'on est dans la réalité des faits, dans sa relation aux autres. Alors les réactions du moi se manifestent dans nos rapports avec autrui, qu'ils soient intimes ou non. Alors vous commencez à voir ce que vous êtes, à travers vos réactions, vos préjugés, vos conclusions, vos idéaux, etc. Toutes ces manifestations de l'ego sont des résultats, des effets, n'est-ce pas ? Tout effet ayant une cause, la cause serait-elle donc un ensemble de souvenirs, d'évocations du passé, aboutissant à la formation d'un centre créé de toutes pièces par la pensée — *et auquel la pensée s'accroche* ?

*
* *

Et l'amour ? Qu'est-ce donc que l'amour ? Et quel est le véritable sens de la méditation ? S'agit-il de vider la conscience de tout son contenu, de se débarrasser de la peur, de l'avidité, du nationalisme, de Dieu — le vôtre ou le mien —, de mes rituels et de mes possessions, bref, d'évacuer le tout ? Cela suppose de faire face au rien, d'observer le néant — autrement dit l'absence de toute chose. La chose est un objet élaboré par la pensée. Je me demande si vous saisissez bien. La nature, elle, n'est pas une élaboration de la pensée : l'arbre, les étoiles, les eaux, le soir et sa splendeur, le coucher de soleil et sa magnificence ne sont pas nés de la pensée. Mais c'est la pensée qui a fait de l'arbre une chaise, une table, c'est-à-dire un objet, une chose. Donc, lorsque nous évoquons ce néant, c'est dans le sens d'une absence de tout objet émanant de la pensée. Il ne s'agit pas du néant absolu.

Qu'est-ce que l'amour ? Est-ce un objet de la pensée, quelque chose de fragmentaire ? Et, donc, l'amour est-il quand la pensée n'est point ? Quel rapport y a-t-il entre l'amour et la souffrance, et entre la souffrance et la passion ? Et quel est le sens de la mort ? L'amour n'est pas une chose, un objet façonné par la pensée. Si la pensée était identique à l'amour, cet amour serait fragmentaire, il ne serait qu'un objet que la pensée aurait rendu acceptable sous forme de désir, de plaisir, sensuel, sexuel ou autre. Par conséquent, si l'amour n'est pas la pensée, quelle relation y a-t-il entre l'amour et la compassion ? La compassion naît-elle avec la fin de la souffrance ? Et quelle est la signification de la souffrance ? Il faut que vous compreniez, il le faut absolument, car ce qui est en jeu n'est autre que votre existence, votre vie quotidienne. Nous passons tous, en effet, par d'immenses souffrances, que ce soit la douleur de perdre un être cher ou de multiples formes de souffrances ou de tortures telles que la solitude, le désespoir absolu ou un horizon vide d'espérance. A votre avis, comment font tous ces malheureux dénués d'espoir... ?

Il faut donc examiner ce problème de la souffrance, et savoir s'il est oui ou non possible d'y mettre fin de façon totale et définitive. La souffrance fait partie des choses que l'humanité s'est de tout temps efforcée de comprendre, d'accepter, de transcender, de rationaliser, ou d'expliquer en ayant recours à divers mots sanscrits, ou, comme le font les chrétiens, en faisant reposer tout le poids de la souffrance sur les épaules d'un seul. Mais si vous ne suivez aucune de ces voies, qui sont des échappatoires, vous vous retrouvez face à votre propre souffrance. Vous connaissez la souffrance de la solitude, la souffrance de la frustration, de l'amour non partagé, vous connaissez la douleur de perdre un être cher, cette souffrance que nous éprouvons tous, ce sentiment d'être totalement vide, de ne plus rien valoir et d'être incapable de s'en sortir tout seul. Toutes ces formes de souffrance vous sont familières. Mais la souffrance consiste-t-elle à s'apitoyer sur soi-même ? J'ai perdu quelqu'un — ma souffrance est immense. Cette douleur atroce est un mélange d'apitoiement sur soi-même, de souffrance liée à la solitude et à l'absence de l'autre, du sentiment de se retrouver privé de force, de vitalité, d'indépendance. Complètement seul. Nous connaissons tous cette forme de souffrance. En voulant la rationaliser, l'expliquer, en cherchant à la fuir — ce que nous faisons effectivement —, on se laisse prendre au piège de tout un réseau d'échappatoires. Mais si vous ne fuyez pas, parce que vous comprenez la futilité du recours à la fuite, au refoulement, à la pratique religieuse, et autres absurdités de ce genre, alors vous êtes confronté au fait : ne vous en écartez surtout pas. *Il ne faut pas s'en écarter* — vous comprenez ? La pensée cherche à le fuir ; il faut au contraire rester en présence du fait — observer le phénomène, le regarder se développer, s'épanouir pleinement, puis se dissiper. Or tout cela ne peut se faire que si vous portez un regard plein d'attention et d'amour sur cette chose que vous appelez la souffrance.

Quand on aime une chose, on l'observe avec une grande tendresse, une grande délicatesse, une grande attention. Une mère sait veiller sur son enfant, elle se lève en pleine nuit, plusieurs fois, malgré la fatigue, mais parce qu'elle est aimante, elle veille ! Si, de la même façon, vous regardez cette chose qu'on appelle la souffrance avec amour, avec délicatesse, avec attention, alors vous verrez qu'il ne sert à rien de vouloir la fuir, et que cette même souffrance se transforme en quelque chose de tout à fait différent — qui est la passion. Pas la concupiscence : la passion. Sans passion, la vie n'a pas de sens.

Le moi et la structure du moi se fondent donc sur... rien. Le moi dans ses profondeurs ultimes n'est absolument rien — c'est une non-chose. Et la beauté, la grandeur, l'ampleur de l'amour ne peuvent exister que lorsque la pensée se rend compte qu'elle n'a pas sa place dans la relation — ainsi, l'amour est.

Il reste encore à découvrir en quoi l'amour et la mort sont liés. Quel lien y a-t-il entre notre existence et la mort ? Nous nous intéressons énormément à ce qui se passe après la mort, jamais à ce qui se passe avant. Nous ne nous préoccupons jamais de la manière dont nous vivons notre vie, mais toujours de la manière dont va se terminer notre existence. Nous allons à présent inverser ce processus, et voir comment vous vivez votre vie quotidienne, et si dans cette vie quotidienne il est possible que s'achèvent, que prennent fin vos attachements. Vous savez de quoi est faite votre vie, n'est-ce pas ? C'est une bataille sans fin de l'instant de votre naissance jusqu'à l'heure de votre mort, c'est une succession de conflits interminables, d'efforts désespérés qui ne mènent à rien — sinon à toujours plus d'argent, plus de plaisirs, plus d'objets, au rang desquels il faut inclure vos dieux, car ce sont des objets façonnés par la main ou par l'esprit, qui n'est autre que l'activité de la pensée — faite d'angoisse, de dépression, d'allégresse, de confusion, d'incertitude, de recherche incessante d'une sécurité qui toujours se dérobe. Telle est votre vie quotidienne. On se brime, ou on se livre au sexe, à l'ambition, à la cupidité, au pouvoir, à la réussite sociale. Telle est votre existence — laide, violente. Vous en parlez sous des qualificatifs divers et en lui attribuant une signification particulière. Mais dans la réalité des faits, votre vie est ainsi faite, et vous avez peur de renoncer à tout cela. Pourtant vous y renoncerez forcément au moment de mourir, car on ne transige pas avec la mort. Que la mort soit due à un accident, à la maladie, à la vieillesse, à la sénilité, vous n'échapperez pas à cette confrontation.

Ainsi va votre vie. Or, nous l'affirmons, ce vécu actuel — ce qui a lieu maintenant, et non au bout du chemin — compte beaucoup plus que la mort. La mort signifie — écoutez bien cela — la fin définitive. Je sais que vous aimeriez perdurer. Peut-être croit-on à la réincarnation. Or la question de savoir s'il y a ou non une vie dans l'au-delà est tout à fait hors de propos. Ce qui est hautement pertinent, en revanche, c'est l'état actuel des choses, c'est de savoir si vous êtes oui ou non en mesure de modifier dès maintenant la façon dont vous vivez. Et même si vous croyez effectivement en cette idée de réincarnation, posez-vous cette question : ce qui renaît dans une autre vie, c'est *quoi*, c'est *qui* ? Sinon votre ego, votre cupidité, votre envie, votre brutalité, votre violence — sous une autre forme, modifiée ? Si vous croyez en cela, ce que vous faites aujourd'hui a donc une immense portée, mais vous ne poussez pas vraiment votre logique à fond, vous ne faites que jouer avec l'idée — et vous êtes cupide, envieux, brutal, compétitif.

La mort, cela signifie-t-il effectivement que le cerveau, privé d'oxygène et d'irrigation, se détériore et meurt ? Nous posons la question. Par ailleurs, êtes-vous capable de mettre fin de votre vivant à ce qui vous est si cher — votre moi ? Etes-vous capable de mettre fin à cet attachement ? Il faut y mettre fin, sans discussion — y mettre fin, et voir ce qui se passe. Si vous en finissez définitivement avec la cupidité, l'envie, l'angoisse, la solitude — et cela, *maintenant*, sans plus attendre —, la mort prend un tout autre sens. Alors la mort n'existe plus, vous vivez constamment côte à côte avec elle. La mort n'est autre que la vie, la fin est le commencement. Si vous persistez toujours dans la même voie, il n'y aura jamais rien de neuf. Ce n'est qu'en mettant fin à la situation actuelle qu'une éclosion nouvelle peut avoir lieu. Vous comprenez ? Faites-le, je vous en conjure, tant que vous êtes en vie : faites le test. C'est à cela que je fais allusion quand je vous dis de faire preuve de sérieux. Seul vit celui qui est sérieux — autrement dit celui qui connaît sa peur, sa cupidité, qui a identifié son propre plaisir, et qui, sans discussion ni brimade, l'élimine — d'un geste aisé, avec grâce et beauté. Vous verrez poindre alors un commencement d'une tout autre nature. Car on est alors dans un face à face avec le néant — autrement dit la mort — consistant à inviter la mort alors qu'on est en vie. Cette invitation n'est autre que la fin définitive de tous vos attachements.

Tout cela a pour effet un étrange phénomène : l'entrée en jeu de l'intelligence suprême. Cette intelligence, fondée sur la compassion et la lucidité, est source d'un grand savoir-faire. Donc, si vous êtes sérieux, agissez, allez-y, ne courez plus après des théories fumeuses ou de vagues idéaux, mais mettez fin à quelque chose qui vous est très cher — vos ambitions, qu'elles soient spirituelles, physiques, ou matérielles — renoncez-y définitivement. Alors vous serez témoin d'une éclosion inédite.

Ojai, le 15 mai 1980

Interlocuteur : Quel rapport y a-t-il entre l'attention et la pensée ? Sont-elle très éloignées l'une de l'autre ?

Krishnamurti : C'est une bonne question, car nous sommes tous concernés. Qu'est-ce que l'attention, quel rapport y a-t-il entre pensée et attention, la liberté est-elle présente dans l'attention ? Nous savons ce qu'est la concentration, ayant pour la plupart été rodés à nous concentrer dès la plus tendre enfance ; or cette concentration a pour effet de rétrécir le champ de notre énergie en la centrant sur un point particulier auquel elle s'attache. L'écolier qui, par la fenêtre de la classe, regarde un écureuil grimper à l'arbre, s'attire les remontrances du maître : « Tu manques d'attention. Concentre-toi sur ton livre. Ecoute ce que je dis », donnant ainsi la *priorité* à la concentration sur l'attention. Si j'étais à la place du maître, j'aiderais l'enfant à observer pleinement l'écureuil — le mouvement de sa queue, la forme de ses pattes, ainsi que tous les autres détails. S'il apprend à observer tout cela avec grande attention, il sera ensuite attentif au livre ! Il n'y a donc pas de contradiction.

L'attention est un état d'esprit d'où toute contradiction est absente. Il n'y a pas d'entité, pas de centre qui dise : « Je dois prêter attention. » C'est un état dans lequel n'intervient pas le moindre gaspillage d'énergie, alors que, dans la concentration, le processus de contrôle est toujours à l'œuvre : je veux me concentrer sur une page, mais la pensée vagabonde, alors je cherche à la rattraper — c'est une lutte incessante. Alors que, dans l'attention, tout est très simple, en fait : lorsqu'on vous dit sincèrement : « Je vous aime », vous êtes attentif. Vous ne dites pas : « Est-ce pour ma beauté, pour mon argent, ou pour des raisons d'ordre sexuel que vous m'aimez ? » — ou que sais-je encore ? L'attention et la concentration sont donc deux choses tout à fait différentes.

Notre interlocuteur veut savoir quel rapport il y a entre l'attention et la pensée. Il n'y en a pas, de toute évidence. La concentration, elle, est liée à la pensée car, là, c'est la pensée qui commande : « Je dois apprendre, je dois me concentrer afin de me contrôler. » La pensée indique la direction à suivre pour aller d'un point à un autre, alors que, dans l'attention, la concentration ne joue pas le moindre rôle : je suis attentif — un point, c'est tout.

L'attention et la pensée sont-elles très éloignées l'une de l'autre ? Dès lors qu'on a saisi l'ensemble du processus de la pensée, on ne pose plus cette question. Comprendre ce qu'est la pensée suppose que ce ne soit pas un tiers qui vous dise ce qu'est la pensée, mais que *vous* voyiez en quoi elle consiste, et comment elle naît.

La pensée ne peut exister en cas d'amnésie totale. Mais nous ne sommes pas en état d'amnésie, et nous voulons découvrir ce qu'est la pensée et la place qui lui revient dans notre existence. La pensée naît par réaction, en réponse à un souvenir. La mémoire répond à un défi, à une question, à une action, ou en fonction de quelque chose — une idée, une personne. Vous en voyez maints exemples dans la vie. On se demande alors : « Mais qu'est-ce que la mémoire ? » Lorsque vous posez le pied sur un insecte et qu'il vous pique, la douleur est enregistrée et stockée dans le cerveau : c'est cela, la mémoire. Cette douleur devient un souvenir qui n'est pas la douleur réelle. La douleur est passée, mais le souvenir persiste — et, la fois suivante, vous êtes sur vos gardes. L'expérience — ici celle de la douleur — est devenue savoir ; ce savoir, cette expérience sont emmagasinés sous forme de souvenir, de mémoire, et cette mémoire répond sous forme de pensée. La mémoire, c'est la pensée. Et le savoir, quelle qu'en soit l'étendue, la profondeur, l'ampleur, est forcément limité. Il n'existe pas de savoir absolu.

La pensée est donc toujours partielle, limitée, et source de division, car, par sa nature même, elle est incomplète, et ne pourra jamais être complète. Elle peut *penser* la complétude, réfléchir sur la globalité, cogiter sur le tout, mais elle-même n'en est pas un. C'est pourquoi tout ce qui émane d'elle sur le plan philosophique ou religieux reste partiel, limité, fragmentaire, car le savoir est indissociable de l'ignorance. Le savoir ne pouvant jamais être global, il va forcément toujours de pair avec l'ignorance. Et si l'on comprend la nature de la pensée, et ce qu'est la concentration, alors la pensée ne peut être vraiment attentive, puisque l'attention consiste à donner toute son énergie, sans restriction. Si vous êtes vraiment attentif en ce moment même, que se passe-t-il ? Il n'y a plus de « moi » en train d'être attentif, plus de centre disant : « Je dois être attentif. » Vous êtes attentif parce que c'est pour vous d'un intérêt vital. Si vous n'êtes pas intéressé, là, c'est une autre affaire. Mais si vous êtes vraiment motivé, vraiment attentif, vous constaterez que tous vos problèmes se sont évanouis — du moins pour le moment.

La solution à vos problèmes est dans l'attention. Ce n'est pas un leurre !

*

* *

Plus de deux cent cinquante questions nous ont été adressées, et elles passent toujours quelque peu à côté des faits relatifs à notre nature. Vous ne demandez pas, par exemple : « Pourquoi mon esprit est-il si bavard, si agité ? » Vous êtes-vous déjà posé la question, cherchez-vous à savoir pourquoi vous êtes si agité, pourquoi vous passez sans cesse d'une chose à une autre, pourquoi vous êtes perpétuellement en quête de distractions ? Pourquoi votre esprit bavarde-t-il tant ? Et que comptez-vous faire à ce sujet ? Votre réaction immédiate est de vouloir le contrôler, de dire : « Je ne dois pas bavarder. » Qu'est-ce que cela signifie ? Que celui qui contrôle et l'objet du contrôle — ici, le bavardage — *ne font qu'un*. Il y a un « contrôleur » qui dit : « Je ne dois pas bavarder » ; mais il fait lui-même partie intégrante de ce bavardage. Voyez la beauté de l'évidence ! Alors, que comptez-vous faire ?

J'ignore si vous l'avez remarqué, mais l'esprit — l'ensemble des structures de l'esprit — a absolument besoin d'être occupé, que ces préoccupations concernent le sexe, les problèmes divers, la télévision, le stade de football ou l'église où l'on veut se rendre. Pourquoi faut-il que l'esprit soit perpétuellement occupé ? S'il ne l'est pas, n'êtes-vous pas aussitôt rempli d'incertitude et de peur face à cette situation ? Vous vous sentez vide, n'est-ce pas ? Vous vous sentez perdu, vous commencez à prendre conscience de ce que vous êtes, de l'immense solitude qui est en vous. Donc, pour oublier cette solitude profonde et sa douleur lancinante, l'esprit bavarde, il s'occupe de tout excepté d'elle. Et cette activité devient une occupation. Si je ne suis pas occupé à toutes ces activités extérieures que sont la cuisine, la lessive, le ménage, etc., l'esprit dit : « Je me sens seul, comment me sortir de là ? Il faut que j'en parle, que je dise à quel point je me sens malheureux », et il reprend son bavardage. Mais pourquoi l'esprit bavarde-t-il ? Posez-vous la question. Pourquoi votre esprit bavarde-t-il sans jamais avoir le moindre moment de tranquillité, le plus petit instant où il soit totalement libre, exempt de tout problème ?

Cet état d'occupation incessante est-il dû à l'éducation, au caractère social de notre existence ? Ce ne sont là que des excuses, de toute évidence. Mais prenez conscience du fait que votre esprit bavarde, voyez-le en face, travaillez sur ce fait, sans vous en écarter. Si mon esprit bavarde, je vais le voir à l'œuvre, et dire : « D'accord, vas-y, bavarde », en étant attentif au bavardage — autrement dit sans chercher à le faire taire, sans me dire que je dois l'étouffer : je suis simplement attentif au bavardage. Si vous faites cela, vous verrez ce qui se passe. Votre esprit est alors si clair, si lucide, si libre par rapport à tout cela. Tel est sans doute l'état propre à l'être humain sain et normal.

Discussion avec le Pr David Bohm à Brockwood Park, le 14 septembre 1980

Krishnamurti : La question est donc la suivante : existe-t-il, au-delà de tout ce chaos, quelque chose qui ne soit jamais touché par la pensée humaine, l'esprit humain ?

David Bohm : Oui, c'est un point délicat — cette chose est hors d'atteinte de l'esprit humain, mais il se pourrait cependant que l'esprit puisse transcender la pensée.

K. : C'est ce que je veux découvrir.

D.B. : Dans ce cas qu'entendez-vous par l'« esprit » : est-ce uniquement la pensée, le sentiment, le désir, ou s'agit-il de quelque chose de beaucoup plus vaste ?

K. : Non, pour l'instant, tenons-nous-en en à cette définition initiale de l'esprit humain.

D.B. : On considère pour l'instant l'esprit comme étant limité.

K. : Tant que l'esprit humain est *prisonnier* de la pensée, il reste limité.

D.B. : Oui, mais il a des potentialités.

K. : Des potentialités énormes.

D.B. : Dont il n'a pas conscience actuellement, puisqu'il est prisonnier de la pensée, du sentiment, du désir, du vouloir, et ainsi de suite.

K. : Exactement.

D.B. : Dans ce cas nous dirons que ce qui se trouve au-delà de ce cadre est hors d'atteinte du type d'esprit limité dont nous parlons. Mais comment allons-nous définir l'esprit qui se situe au-delà de ces limites ?

K. : Demandons-nous d'abord s'il existe.

D.B. : C'est en effet la question primordiale.

K. : Existe-t-il, l'esprit authentiquement capable de dire — sans que ce soit une théorie, une fiction, une quelconque notion romanesque ou autre absurdité de ce genre —, existe-t-il un esprit vraiment en mesure d'affirmer : « J'ai vécu et dépassé tout cela » ?

D.B. : Vous voulez dire, « vécu et dépassé cette dimension limitée » ?

K. : Oui. Et cela signifie qu'il l'a vécue, et que pour lui c'est une chose révolue. Un tel esprit existe-t-il ? Peut-être *croit*-il simplement en avoir fini avec tout cela, et c'est pourquoi il crée cette notion d'« autre dimension », qui n'est qu'une illusion dont il est l'auteur ? Je n'admets pas cette hypothèse. Un individu X, s'exprimant en qualité d'être humain, dit : « Tout cela, je l'ai compris, j'en ai vu les limites, je l'ai vécu, j'en ai vu le bout. » Cet esprit, qui a vécu tout cela, qui y a mis fin, n'est plus limité comme il l'était. Mais existe-t-il un esprit qui soit absolument sans limites ?

D.B. : Cela soulève effectivement la question de savoir comment le cerveau peut entrer en contact avec cet esprit sans limites. Quel rapport y a-t-il entre cet esprit illimité et le cerveau ?

K. : Je vais y venir. Mais je veux d'abord éclaircir un point — qui ne manque pas d'intérêt, si on l'approfondit. L'esprit tel que nous le connaissons — l'esprit tout entier, avec sa nature et sa structure propres, ce qui inclut les émotions, le cerveau, les réflexes et les réactions — a vécu dans la tourmente, dans le chaos, dans la solitude et il a compris, clairement perçu la situation. Cette vision pénétrante lui a permis de déblayer le terrain. Il n'est plus le même.

D.B. : En effet, ce n'est plus l'esprit limité du début.

K. : C'est vrai, il n'est plus limité, ni... altéré. Gardons le terme *altéré*.

D.B. : Comme il l'était au début.

K. : Non, il n'est plus altéré. C'est le terme qui convient.

D.B. : Qui dit esprit altéré dit cerveau altéré — le fonctionnement de l'esprit a altéré le cerveau.

K. : Exactement. Un esprit altéré, cela signifie une altération des émotions, une altération du cerveau.

D.B. : Les cellules cérébrales elles-mêmes fonctionnent de manière désordonnée.

K. : Effectivement. Mais lorsque intervient la vision pénétrante — c'est-à-dire l'ordre — cela efface toute trace de dégâts. Je ne sais pas si vous êtes d'accord sur ce point.

D.B. : Oui, certainement, d'un point de vue logique c'est tout à fait possible, car on peut dire que les dégâts subis par le cerveau ont été causés par des pensées et des sentiments désordonnés, responsables d'une surexcitation des cellules et d'un dérèglement cérébral. Alors qu'à présent, grâce à la vision pénétrante, ces perturbations cessent et un nouveau processus se met en place.

K. : Oui. La situation est comparable à celle d'un individu qui, après avoir suivi pendant cinquante ans une direction donnée, s'aperçoit soudain que ce n'est pas la bonne : le cerveau tout entier en est bouleversé.

D.B. : Il change de fond en comble, et la structure fautive est détruite, puis reconstruite sur des bases saines. Mais cela peut prendre du temps, avez-vous dit.

K. : C'est exact.

D.B. : Mais c'est la vision pénétrante qui...

K. : ... est l'agent du changement intervenant dans le cerveau.

D.B. : Oui : cette vision pénétrante est instantanée, mais cela signifie que tout ce processus a changé d'origine.

K. : C'est juste. Cet esprit jusqu'ici limité, cet esprit, et avec lui toute sa conscience et tout son contenu, décrète que ce rôle-là est terminé. S'il s'avère que cet esprit, auparavant limité, a pu, grâce à la vision pénétrante, comprendre ses limites et s'en dégager, c'est une vraie révolution, non ? Vous me suivez ? Cet esprit-là n'est plus l'esprit humain. Pardonnez-moi de le dire en ces termes.

D.B. : Je crois qu'il faudrait tirer au clair ce que nous entendons par « esprit humain ».

K. : L'esprit humain avec sa conscience limitée.

D.B. : Oui, cette conscience limitée qui est conditionnée, qui n'est pas libre.

K. : Cet esprit-là n'est plus.

D.B. : En effet, de sorte que la conscience de toute l'humanité — et pas seulement celle des individus — en est affectée.

K. : Bien sûr. Je ne parle pas de l'individu, ce serait stupide.

D.B. : Oui, mais je crois que nous avons déjà évoqué cette question — à savoir que chaque individu est le résultat particulier d'une conscience globale, et non une entité indépendante. Voyez-vous, là réside l'un des problèmes.

K. : Oui, c'est un des points de confusion.

D.B. : La confusion vient du fait que nous considérons comme une réalité concrète l'existence d'un esprit individuel. Nous avons déjà indiqué qu'il fallait au contraire partir de cet esprit universel, général, comme étant la seule vraie réalité à partir de laquelle se forme l'esprit individuel.

K. : Oui, c'est parfaitement clair.

D.B. : Mais vous dites à présent que l'on s'écarte même de cet esprit universel — que voulez-vous dire par là ?

K. : Oui, on s'éloigne et du général et du particulier.

D.B. : Et de l'esprit individuel.

K. : Si l'on s'en est totalement écarté, qu'en est-il de l'esprit ?

D.B. : Que reste-t-il de la personne, de l'être humain ? C'est cela ?

K. : Qu'est-ce donc que l'être humain, dans ce cas ? Et quel rapport y a-t-il entre cet esprit, qui n'est pas une élaboration humaine, et l'esprit façonné par l'homme ? Je ne sais pas si je me fais bien comprendre.

D.B. : Le terme d'esprit universel convient-il, ou préféreriez-vous un autre terme ?

K. : Je n'aime guère cette expression d'*esprit universel*, si rebattue. Prenons un mot beaucoup plus simple.

D.B. : Il s'agit en fait d'un esprit qui n'est pas d'origine humaine.

K. : Oui, je crois que c'est plus simple — un esprit qui n'est pas d'origine humaine.

D.B. : Ni sur le plan individuel ni de manière générale.

K. : Dans un cas comme dans l'autre, toute intervention humaine est absente. Peut-on, en observant vraiment, en profondeur, sans aucun préjugé ni aucun autre frein, savoir si cet esprit *existe* véritablement ? Est-ce que vous voyez ce que je veux dire ?

D.B. : Oui, voyons ce que nous entendons par « observer ». Je crois que nous nous heurtons là à un problème de langage, quand nous disons qu'il faut observer, etc., alors que...

K. : J'observe la chose, j'observe.

D.B. : Mais *qui* l'observe ? C'est l'un des problèmes qui se pose.

K. : Nous avons déjà examiné ce point. Lorsqu'on observe vraiment, il n'y a pas de division. Ce n'est pas *moi* qui observe — il n'y a que l'observation.

D.B. : L'observation a lieu, voilà tout.

K. : Oui.

D.B. : Diriez-vous qu'elle a lieu dans un cerveau particulier, par exemple, ou qu'un cerveau particulier prend part à l'observation ?

K. : Je vois venir le piège ! Non, monsieur, elle ne se situe pas dans un cerveau particulier.

D.B. : Il semble pourtant qu'un cerveau particulier soit susceptible de répondre.

K. : Bien sûr, mais ce n'est pas le cerveau particulier de K.

D.B. : Ce n'est pas ce que je voulais dire. Ce que j'entends par cette expression de *cerveau particulier*, c'est que certaines caractéristiques particulières à un individu, telles que sa situation dans le temps et l'espace, son apparence physique, font que, même en l'absence de nom, il se différencie des autres individus éventuellement présents.

K. : J'insiste pour que nous soyons très clairs sur ce point. Nous vivons dans un univers façonné par l'homme, nous baignons dans un esprit façonné par l'homme, nous sommes issus d'esprits façonnés par l'homme, nos cerveaux et leurs réactions sont aussi d'origine humaine.

D.B. : Le cerveau lui-même n'a pas été façonné par l'homme, mais son conditionnement, lui, l'est effectivement.

K. : C'est ce que je voulais dire : son conditionnement lui vient de l'homme. Ce cerveau peut-il se déconditionner de manière si totale qu'il ne doive plus rien à l'influence humaine ? C'est cela, la question — ne la compliquons pas inutilement. Cet esprit, façonné par l'homme comme il l'est actuellement, peut-il aller jusqu'à se libérer totalement de lui-même ?

D.B. : Evidemment, il y a un certain paradoxe à affirmer cela.

K. : Bien sûr. C'est paradoxal, et pourtant réel, c'est la vérité. Reprenons. La conscience de l'humanité n'est autre que son contenu : c'est un fait observable. Ce contenu, c'est tout ce qui émane de l'homme — l'angoisse, la peur, etc. — tant au niveau général que particulier. Grâce à la vision pénétrante, l'esprit saisit la situation — et se libère ainsi de cette gangue.

D.B. : Ce qui sous-entend un potentiel supérieur latent depuis toujours, dont la vision pénétrante a permis l'éclosion. C'est ce que vous suggérez ?

K. : Cette vision pénétrante... mais je récuse le terme de « potentiel ».

D.B. : Là, nous avons un petit problème de terminologie. Si vous dites que le cerveau, ou l'esprit, aiguisé par la vision pénétrante, prend conscience de son propre conditionnement, cela revient quasiment à dire qu'il s'est transformé en quelque chose d'autre.

K. : Oui, c'est bien ce que je veux dire, effectivement. La vision pénétrante transforme cet esprit hérité de l'homme.

D.B. : Bien. Il ne s'agit donc plus de l'esprit tel que l'homme l'avait façonné ?

K. : En effet. Cette vision lucide signifie l'effacement total du contenu de la conscience. D'accord ? Elle ne s'efface pas par bribes, mais en totalité. Et cette vision pénétrante n'est pas le fruit d'un effort humain.

D.B. : Mais alors, cela soulève la question de savoir d'où elle vient.

K. : D'accord. D'où vient-elle ? Elle est dans le cerveau lui-même, dans l'esprit lui-même.

D.B. : Le cerveau, ou l'esprit ?

K. : L'esprit, au sens global du terme. Un instant. Ne nous précipitons pas — ce point est intéressant, mais n'allons pas trop vite. La conscience — générale ou particulière — est façonnée par l'homme. Le raisonnement, la logique nous permettent d'en voir les limites. L'esprit va alors beaucoup plus loin. Il en arrive à un stade où il dit : « Tout cela peut-il être effacé d'un seul coup, d'un seul geste, d'un seul mouvement ? » Ce mouvement, c'est celui de la vision pénétrante — qui, tout en se situant toujours dans l'esprit, n'est pas née de cette conscience limitée. Je ne sais si je me fais bien comprendre.

D.B. : Oui. Selon vous, donc, l'esprit a en lui cette possibilité, cette potentialité de transcender sa propre conscience.

K. : Oui.

D.B. : Mais cette potentialité, nous ne l'avons guère exploitée !

K. : Certes, mais elle fait forcément partie du cerveau.

D.B. : Le cerveau, l'esprit, est capable d'une telle démarche mais, le plus souvent, il ne la fait pas.

K. : Effectivement. Mais, à supposer qu'il l'ait faite, existe-t-il une forme d'esprit qui ne soit pas le fruit de l'influence humaine, un esprit que l'homme ne saurait ni concevoir ni créer, et qui ne soit pourtant pas illusoire ? Cet esprit-là existe-t-il ? Je me demande si ma question est claire.

D.B. : Eh bien... ce que vous dites, me semble-t-il, c'est que l'esprit, s'étant libéré...

K. : Du général et du particulier...

D.B. : ... cet esprit — s'étant affranchi de la conscience humaine au niveau particulier comme au niveau général, ayant échappé aux limites de cette conscience — est à présent beaucoup plus vaste. Mais vous dites que cet esprit pose un problème.

K. : En effet.

D.B. : Quel problème ?

K. : Cet esprit est-il libéré de l'esprit d'origine humaine ? C'est la première question.

D.B. : Ce n'est peut-être qu'une illusion.

K. : La question de l'illusion, voilà où je veux en venir : là, il faut être très clair. Non, ce n'est pas une illusion, car cet être-là voit bien qu'il est illusoire de vouloir mesurer, il connaît la nature des illusions, il sait que là où il y a désir, il y a illusion. Et que les illusions sont forcément un facteur limitatif, etc. Tout cela, il l'a non seulement compris, mais dépassé.

D.B. : Il s'est affranchi du désir.

K. : Exactement. Telle est sa nature — je ne voudrais pas dire les choses trop brutalement : il est libre de tout désir.

D.B. : Mais son esprit est plein d'énergie.

K. : Oui, cet esprit, qui n'est donc plus ni de l'ordre du particulier ni de l'ordre du général, et qui par conséquent n'est pas limité — ses limitations ayant été réduites à néant par la vision pénétrante —, n'est plus conditionné. Mais cet esprit, de quoi est-il fait ? De la conscience qu'il a de ne plus être prisonnier d'aucune illusion.

D.B. : Oui, mais vous disiez que cela pose la question de savoir s'il existe quelque chose d'encore beaucoup plus vaste.

K. : C'est pourquoi je soulève la question.

D.B. : Sans préjuger de ce que pourrait être ce « quelque chose ».

K. : Exactement. Existe-t-il un esprit qui ne soit pas le fruit de cette humanité ? Et, s'il existe, quels sont ses liens avec l'esprit tel que l'homme l'a façonné ? C'est très difficile à exprimer. En effet, toute affirmation, tout ce qui est d'ordre purement verbal, est inadéquat. Vous comprenez ? Nous voudrions pourtant savoir s'il existe un esprit qui ne soit pas façonné par l'homme. Mais je pense que cette question, on ne peut la poser que lorsque l'autre esprit... non, lorsque les limites ont cessé d'exister. Sinon la question est absurde.

D.B. : Sinon ce sera la même...

K. : Ce sera du temps perdu. Car cela devient alors une question théorique, qui ne veut plus rien dire.

D.B. : Et qui entre dans les structures façonnées par l'homme.

K. : Bien sûr, mais oui, bien sûr. Par conséquent, on doit absolument, on doit être absolument...

D.B. : Je crois que nous pouvons utiliser le terme d'*absolu*, mais à condition d'être très prudents.

K. : Oui, la prudence s'impose. Donc, on doit être *absolument* libre, affranchi de toutes les limites ici évoquées. Et c'est seulement à ce moment-là que l'on peut poser cette question. Existe-t-il une forme d'esprit qui ne soit pas d'ordre humain, et, s'il existe, quelle relation peut-il y avoir entre cet esprit-là et l'esprit façonné par l'homme ? Mais, tout d'abord, un tel esprit existe-t-il ? Bien sûr que oui. Evidemment. Sans vouloir être dogmatique ni imposer mon opinion personnelle, je dis qu'il existe. Mais ce n'est pas Dieu.

D.B. : Bon, d'accord.

K. : Car Dieu — mais nous avons déjà examiné cela...

D.B. : Dieu fait partie de cette structure élaborée par l'homme.

K. : Structure qui est à l'origine du chaos régnant dans le monde. Mais reprenons : donc, cet esprit existe. La question suivante est celle-ci : s'il existe, et si quelqu'un dit qu'il existe, quelle relation cet esprit-là peut-il avoir avec l'esprit humain ?

D.B. : Avec l'esprit universel ?

K. : Et particulier. Mais a-t-il le moindre rapport avec cet esprit d'origine tout humaine ?

D.B. : C'est une question difficile, car l'esprit façonné par l'homme, pourrait-on dire, est envahi par l'illusion, la majorité de son contenu n'est pas réel.

K. : En effet, alors que cet autre esprit, lui, est bien réel.

D.B. : Au sens de concret.

K. : Disons *réel*, au sens où il procède d'une réalité authentique, alors que l'autre esprit est mesurable, confus. Une relation est-elle possible entre l'un et l'autre ? Non, de toute évidence.

D.B. : Ou alors, une relation superficielle, au sens où l'esprit façonné par l'homme a un contenu qui est réel à un certain niveau — au niveau technique, comme dans le cas de la télévision, par exemple.

K. : Eh bien...

D.B. : C'est en ce sens qu'il pourrait exister une relation — dans ce domaine précis, qui n'est, ainsi que vous l'avez souligné, qu'un domaine très restreint. Mais fondamentalement...

K. : L'esprit façonné par l'homme ne peut entrer en relation avec cet autre esprit, mais l'inverse est possible.

D.B. : Oui, mais cet autre esprit n'a aucun contact avec les illusions dont l'esprit humain est pétri.

K. : Un instant, mettons les choses au clair. Mon esprit, c'est l'esprit tel que l'humanité l'a forgé. Il a des illusions, des désirs, et j'en passe. Et puis il y a cet autre esprit, qui, lui, n'a ni illusions, ni désirs, ni rien de tout cela, et qui transcende toute limite. Notre esprit illusoire, celui que l'homme a forgé, ne cesse de courir après cette transcendance.

D.B. : Oui, c'est sa principale préoccupation.

K. : En effet, c'est son problème majeur. Notre esprit ne cesse de mesurer, d'avancer, de vouloir se rapprocher, d'aller toujours plus loin, etc. L'esprit issu de l'homme est toujours à la recherche de cette autre dimension de l'esprit, ce qui l'amène à susciter toujours plus de malheur et de confusion. L'un — l'esprit humain — ne peut entrer en relation avec l'autre.

D.B. : En effet, car toute tentative d'atteindre cet esprit-là n'est que source d'illusion.

K. : Bien sûr — c'est d'une telle évidence ! En revanche, l'inverse est-il possible ? L'autre esprit a-t-il un quelconque rapport avec le nôtre ?

D.B. : Ce que j'ai déjà suggéré précédemment, c'est que cela paraît inévitable, mais pour ce qui est des illusions présentes dans l'esprit humain, telles que le désir, la peur, etc., cet autre esprit n'a rien à voir avec elles, car ce ne sont que des choses illusoires.

K. : Oui. C'est entendu.

D.B. : Mais cet autre esprit peut entrer en relation avec l'esprit façonné par l'homme si ce dernier comprend la vraie nature de ses propres structures.

K. : Voulez-vous dire que cet autre esprit entre en relation avec l'esprit humain dès l'instant où ce dernier se dégage de ses propres limites ?

D.B. : Oui, mais c'est précisément en comprenant ces limites qu'il s'en dégage.

K. : Oui, il s'en éloigne — alors l'autre esprit entre en contact.

D.B. : Une vraie relation s'instaure donc entre cet autre esprit et l'esprit limité — tel qu'il est vraiment, et pas tel qu'il se voit, ce qui n'est qu'illusion.

K. : Soyons clairs et précis.

D.B. : Les termes que nous employons ne doivent pas prêter à confusion : donc l'esprit qui n'est pas limité — là, c'est clair —, qui n'est pas façonné par l'homme, ne peut en aucun cas être lié aux illusions qui habitent l'esprit limité.

K. : En effet ; je suis d'accord là-dessus.

D.B. : Mais cet esprit sans limites doit être en contact avec la source — si l'on peut dire —, avec la vraie nature de l'esprit limité, qui est masquée par l'illusion.

K. : Sur quelles bases serait donc fondé l'esprit façonné par l'homme ?

D.B. : Sur tous les éléments que nous avons mentionnés.

K. : Qui constituent sa nature. Comment l'autre esprit peut-il être en relation — même minime — avec celui-ci ?

D.B. : La seule relation envisageable consisterait à le comprendre, de sorte qu'une forme de communication soit possible, pas forcément continue, mais permettant de communiquer avec l'autre personne...

K. : Non, cela, je le conteste.

D.B. : Vous dites pourtant que cet autre esprit

peut entrer en relation avec l'esprit limité, mais pas l'inverse.

K. : Cela aussi, je le remets en question.

D.B. : En disant cela, voulez-vous dire que cette notion peut être vraie ou fausse ?

K. : Oui, pour moi la question est ouverte.

D.B. : Je vois.

K. : Quel lien y a-t-il entre l'amour et la jalousie ? Aucun.

D.B. : L'amour n'a aucun lien avec la jalousie elle-même, qui est une illusion, mais il peut en avoir une avec le jaloux.

K. : Non, je parle de l'amour et la haine, je prends deux mots : l'amour et la haine. Il n'y a aucun lien entre les deux.

D.B. : Non, pas vraiment.

K. : Il n'y en a *aucun*.

D.B. : Je crois que l'amour serait sans doute capable de comprendre l'origine de la haine, ne croyez-vous pas ?

K. : En effet, cela pourrait se faire, oui, oui.

D.B. : C'est dans ce sens-là que j'envisage l'existence d'une relation.

K. : Je vois. Je comprends. Vous dites que l'amour peut comprendre l'origine de la haine, la façon dont elle naît, etc. L'amour comprend-il cela ?

D.B. : Je crois qu'en un sens l'amour comprend comment naît la jalousie dans l'esprit façonné par l'homme, et qu'après avoir tout compris de la nature et la structure de cet esprit, après s'en être éloigné...

K. : Sommes-nous en train de dire que l'amour — gardons ce terme pour l'instant — a un lien avec le non-amour ?

D.B. : Seulement en ce sens qu'il le dissipe.

K. : Je ne suis pas sûr, je me demande... Là, nous devons être extrêmement prudents. N'est-ce pas plutôt la haine, en prenant fin d'elle-même... ?

D.B. : Où est la vraie réponse ?

K. : Si la haine cesse, l'amour est. En revanche, il n'existe aucun lien entre l'autre esprit et la compréhension de la haine.

D.B. : Oui, mais... nous devons nous demander comment débute la haine.

K. : C'est très simple.

D.B. : Non, ce que je veux dire, c'est... Supposons que nous éprouvions de la haine.

K. : D'accord : admettons que je sois haineux. Je vois d'où vient ma haine : par exemple du fait que vous m'avez insulté.

D.B. : Certes, mais ce n'est qu'une approche superficielle de la notion d'origine. Ce qui m'intéresse, ce sont les racines profondes de la haine : pourquoi nous conduisons-nous de manière si irrationnelle ? L'insulte n'est pas réellement... Si votre unique argument consiste à dire qu'on vous a insulté, je vous réponds : pourquoi réagir à l'insulte ?

K. : Parce que tout mon conditionnement m'y incite.

D.B. : Oui, c'est ce que je veux dire quand je parle de la compréhension des racines de...

K. : Je comprends tout cela, mais l'amour m'aide-t-il à comprendre l'origine de la haine ?

D.B. : Non, mais je crois que si un individu en proie à la haine en comprend les origines, et qu'il s'en éloigne...

K. : ... alors cet autre esprit est. Mais il ne peut

pas intervenir pour faciliter ce mouvement d'éloignement.

D.B. : Non, mais la question est la suivante : prenons l'exemple d'un être qui a en lui cet amour, alors qu'un autre en est dépourvu ; le premier peut-il transmettre à l'autre quelque chose qui va déclencher en lui ce mouvement ?

K. : Autrement dit, A peut-il influencer B ?

D.B. : Non, pas influencer, mais on pourrait se demander, par exemple, ce qui pousse un individu à parler de toutes ces choses-là ?

K. : C'est une autre affaire — ça, c'est une autre affaire. Non, la question est la suivante : la haine est-elle dissipée par l'amour ?

D.B. : Non, ce n'est pas cela, non.

K. : Disons alors que la compréhension de la haine et son élimination font naître quelque chose d'autre ?

D.B. : C'est cela. Mais si nous disons que l'amour est présent en A maintenant, cela veut dire que A a atteint cette autre dimension — n'est-ce pas ?

K. : Oui.

D.B. : L'amour est en A ; A voit B...

K. : B a en lui cette autre dimension.

D.B. : Mais que va-t-il faire ? Là est la question.

K. : Quel lien y a-t-il entre les deux ?

D.B. : C'est la même question.

K. : Effectivement.

D.B. : Demander ce qu'il va faire, c'est une autre manière de poser la même question.

K. : Je crois... — un instant, je vous prie. Je suis plein de haine, l'autre est plein d'amour. Ma femme aime et moi, je hais. Elle peut me parler, mettre en évidence cette haine, m'en montrer la déraison, etc., mais son amour ne changera rien à la source même de ma haine.

D.B. : Effectivement, c'est clair — pourtant, son amour est l'énergie qui sous-tend son discours.

K. : Oui, en effet, il est là, derrière les mots.

D.B. : Mais l'amour lui-même n'intervient pas à ce niveau pour dissiper la haine.

K. : Bien sûr que non — c'est encore une de ces idées romanesques... Donc, celui qui hait, mais qui regarde en face la source de sa haine, qui en voit les causes et le processus à la lumière de la vision pénétrante, et qui y met fin, a en lui cette autre dimension de l'esprit.

D.B. : Oui, ce qui revient à dire, je crois, que A est celui qui a vu et saisi toutes ces choses et qui a maintenant l'énergie de les exposer à B — mais ce qui s'ensuit dépend de B.

K. : C'est évident. Je crois que cette discussion mériterait d'être poursuivie.

OJAI, LE 3 MAI 1981

La crise, ce n'est ni du côté de la politique ou des gouvernements, qu'ils soient totalitaires ou soi-disant démocratiques, ni chez les scientifiques, ni dans les religions respectablement établies qu'elle se trouve, mais au sein même de notre conscience, c'est-à-dire dans nos esprits et nos cœurs, dans notre comportement, dans nos relations. Et cette crise ne peut être pleinement comprise, et sans doute pleinement affrontée, si nous ne comprenons pas la nature et la structure mêmes de la conscience — qui n'est autre qu'une élaboration de la pensée.

*
* *

Nous sommes donc ici en train d'apprendre, d'observer l'état de notre propre esprit. Car c'est par là que commence l'éducation authentique — qui consiste à s'éduquer soi-même. Tant de choses qui nous concernent nous ont été apprises par d'autres que nous, nous ne cessons de recourir aux autres, censés nous guider non seulement sur le plan extérieur, mais surtout dans le domaine psychologique, intérieur. Au moindre problème, à la moindre perturbation, nous nous tournons immédiatement vers quelqu'un d'autre pour nous aider à les régler. Nous sommes les otages volontaires d'institutions et d'organisations diverses, qui, nous l'espérons, vont nous aider à résoudre nos problèmes, à clarifier notre esprit. Nous sommes donc toujours dépendants d'autrui, et cette dépendance engendre inévitablement une forme de corruption. Alors qu'ici, nous ne dépendons de personne — et surtout pas de l'orateur, car toute intention de vous inciter à penser selon une ligne donnée, ou de vous abreuver de paroles et de théories fantaisistes, est exclue. Observez plutôt ce qui se passe effectivement dans le monde, et toute cette confusion qui règne en vous, mais tout en observant de la sorte, ne transformez pas en idées, en abstractions, le fruit de cette observation. Soyons très clairs sur ce point. Lorsque nous observons un arbre, le mot *arbre* est une notion abstraite — et non pas la réalité de l'arbre. J'espère que c'est clair. Le mot — l'explication, la description — n'est pas la réalité factuelle, n'est pas *ce qui est*. Il faut que ce soit très clair dès le départ. Lorsque nous observons ce qui se passe effectivement dans le monde et dans le tréfonds de notre conscience, cette observation peut demeurer pure, claire et directe, à condition de ne pas faire de ce que l'on observe une abstraction, une idée. Nous baignons tous plus ou moins dans l'abstraction, dans les idées — qui n'ont rien d'authentiquement réel. C'est aux idées — et non à *ce qui est* — que la priorité est alors donnée. Les philosophes se servent des idées dans des sens divers, mais ce qui nous intéresse, ce ne sont pas les idées, mais uniquement l'observation de ce qui se passe dans les faits — cette observation n'étant soumise à aucune théorie ou ligne de pensée particulière, mais ayant pour seul objet *ce qui est*. Et il faut garder cela clairement à l'esprit au cours de cette observation de *ce qui est*. Faire de *ce qui est* une abstraction, une idée, ne peut qu'engendrer un surcroît de confusion.

Comme nous l'avons dit, la crise se situe dans notre conscience, et cette conscience est le fonds commun de toute l'humanité. Ce n'est pas une conscience individuelle, ce n'est pas *votre* conscience en particulier, mais la conscience de l'être humain, de l'homme, car où qu'on aille, en Extrême-Orient, au Proche-Orient, ou en Occident, en tous lieux l'humanité souffre, l'homme vit dans la douleur, dans une incertitude et une solitude profondes, dans le désespoir le plus total, et il est esclave d'une multitude de concepts religieux extravagants et dépourvus de toute signification authentique. Tel est donc le lot commun de l'humanité. Cela, il faut que vous le perceviez de façon très claire. Il ne s'agit pas de votre conscience, mais d'une conscience commune à l'ensemble des êtres humains, qui subissent tant d'épreuves, de malheurs et de conflits, à force de vouloir s'identifier à quelque chose, que ce soit à la nation, à une figure religieuse, ou à un concept.

Il faut que vous saisissiez bien la signification de tout cela. Cette compréhension est essentielle, car nous nous sommes dissociés les uns des autres en tant qu'individus, alors que nous n'avons pas d'individualité distincte. Nous sommes le résultat de ces millions d'années au cours desquelles on n'a cessé de nous instiller cette notion d'individu — qui n'est en fait qu'une *idée*. Mais à y regarder de plus près, vous n'êtes pas un individu : psychologiquement parlant, vous êtes identique à tous les autres hommes. C'est une chose très difficile à percevoir, car en général nous nous accrochons à cette idée — or ce n'est qu'une *idée* — que nous sommes tous des individus distincts ayant chacun des ambitions personnelles, une forme de cupidité, d'envie, de souffrance, de solitude qui lui est propre. Mais l'observation montre que nous agissons tous de la même manière. Ce concept d'individualité nous rend beaucoup plus égoïstes, nombrilistes, névrosés, compétitifs ; et la compétition détruit l'humanité. Donc, le monde, c'est vous, et vous êtes le monde. C'est un sentiment merveilleux — si l'on comprend vraiment cette situation, qui recèle des trésors de vitalité, de sensitivité, de beauté. La beauté en question n'est pas simplement celle d'un tableau, d'un poème, ou d'un visage harmonieux, il s'agit d'une autre merveille : nous sommes le monde, et le monde, c'est vous, c'est moi...

Dans la partie du monde où nous nous trouvons, la liberté est utilisée à mauvais escient, comme dans le reste de l'univers, car chaque individu veut se réaliser, être, devenir. Il en résulte que le contenu de notre conscience se résume à une lutte perpétuelle pour parvenir à être, à devenir, à réussir, à avoir le pouvoir, la notoriété, un statut social. Et ces choses-là ne s'obtiennent qu'en ayant de l'argent, du talent, ou des capacités dans un domaine donné. Et les capacités, le talent ne font que renforcer l'individualité. Mais l'observation montre que l'individualité n'est qu'une élaboration de la pensée.

En observant tout cela, on voit que c'est au niveau de la nature même de la pensée que se situe la crise. L'univers extérieur et l'univers intérieur sont des émanations de la pensée. Or la pensée est un processus matériel. C'est elle qui a conçu et réalisé la bombe atomique, la navette spatiale, l'ordinateur, le robot et tous les instruments de guerre. La pensée a aussi bâti de magnifiques cathédrales, de splendides églises, et tout ce qu'elles contiennent. Pourtant il n'y a absolument rien de sacré dans ce mouvement de la pensée. Ces symboles que vous vénérez, et que la pensée a créés, ne sont pas sacrés — ils sont le fruit de la pensée. Les rituels et toutes les divisions religieuses et nationales résultent de la pensée. Examinez les choses de très près ; nous ne cherchons ni à persuader, ni à condamner, ni à encourager, nous sommes en train d'observer. Les faits sont là.

La crise tient donc à la nature même de la pensée. Et comme nous l'avons dit, la pensée vient en droite ligne de la source originelle que sont nos sens, de nos réactions sensorielles, de notre expérience, de nos rencontres avec des choses diverses, qui s'enregistrent sous forme de savoir, de souvenir, et c'est du souvenir, de la mémoire que naît la pensée. Tel est donc le processus de la pensée, telle en est la nature, depuis des temps immémoriaux. Toutes les cultures, depuis l'Egypte ancienne, et même bien avant elle, se sont fondées sur la pensée. Or c'est d'elle que vient la confusion, en nous comme au-dehors. Constatez le fait par vous-même ; je n'ai rien à vous apprendre ni à vous expliquer : l'orateur ne fait rien d'autre que mettre en mots le fruit de ses observations afin de vous les faire partager. Ensemble, nous observons la nature et la structure de la pensée — autrement dit les réactions sensorielles : de la confrontation à une circonstance donnée naît l'expérience, qui s'enregistre sous forme de savoir, qui à son tour devient mémoire, souvenir — et le souvenir est mis en acte sous forme de pensée. Cet acte vous incite à apprendre encore plus, à accumuler encore plus de savoir. Cela fait des millénaires que l'homme s'est enfermé dans ce processus où s'enchaînent l'expérience, le savoir, la mémoire, la pensée. Je me demande si nous en avons une claire conscience.

*
* *

La nature même de la pensée — là est donc le nœud du problème. Vous allez me dire : « Mais privé de savoir, ou sans la pensée, comment peut-on agir ? » La question n'est pas là. Examinez d'abord la nature de la pensée, observez les choses de manière très lucide, sans aucun préjugé, aucun *a priori* : voyez simplement les faits. Notre cerveau — soumis à ce cycle de l'expérience transformée en savoir, puis en action, puis en mémoire, avec à la suite toujours plus de savoir — a des problèmes en raison du caractère toujours limité du savoir. Notre cerveau est donc entraîné à résoudre des problèmes. Le cerveau est rodé à cela, il n'est jamais libre, mais sans cesse assailli de problèmes. Espérons que vous faites bien la distinction. Notre cerveau a été rodé à résoudre des problèmes à la fois dans le domaine scientifique et dans le domaine psychologique — celui des relations. Les problèmes surgissent : nous nous efforçons de les résoudre. La solution, c'est toujours du côté du savoir que nous la cherchons.

Comme nous le disions, le savoir est toujours incomplet. C'est un fait. C'est un point essentiel — il mérite une observation attentive et sensible, qui permet de constater qu'aucun savoir n'est jamais absolu, quelles que soient les circonstances.

Examinons une autre question : celle de la beauté. Qu'est-ce que la beauté ? Elle est si rare dans le monde. En dehors de la beauté de la nature, des collines, des bosquets, des rivières, des oiseaux, et de tout ce qui touche à la terre, pourquoi la beauté est-elle si rare dans notre vie ? Nous allons dans les musées pour y admirer des peintures, des sculptures, et toutes les merveilles que l'homme a su façonner ; nous admirons les poèmes, la littérature, les splendeurs de l'architecture, mais quand nous regardons en nous-mêmes, nous y voyons si peu de beauté. Nous aimons les beaux visages, que nous peignons sur la toile, mais à l'intérieur de nous-mêmes — là encore, ce n'est qu'un constat, ni indulgent, ni critique — cette qualité de beauté, de tranquillité, de dignité est si peu présente. Pourquoi ? Pourquoi les hommes sont-ils ainsi devenus ? Pourquoi les êtres humains, si intelligents, si érudits dans bien des domaines, et qui sont capables d'aller sur la lune pour y planter un pauvre petit bout de chiffon, qui sont capables de créer de merveilleuses machines, pourquoi sont-ils — pourquoi sommes-nous — devenus ce que nous sommes : vulgaires, bruyants, médiocres, prompts à nous vanter d'une minable petite carrière, à nous targuer d'un modeste savoir — pourquoi ? Qu'est-il donc arrivé à l'humanité ? Que vous est-il arrivé ?

La crise, je crois que c'est là qu'elle se situe. Et nous voulons la fuir, nous refusons de nous regarder en face, en toute lucidité. Pourtant s'éduquer soi-même est le commencement de la sagesse — qui, elle, ne se trouve ni dans les livres, ni dans le recours à un tiers, mais dans la compréhension de notre propre activité — égoïste, étroite et bancale — qui se poursuit imperturbablement, jour après jour. La crise, elle est au fond de notre cœur, de notre esprit, de notre cerveau. Le savoir étant toujours limité, et notre champ d'action toujours circonscrit à celui du savoir, le conflit est sans fin. Ce point doit être clairement compris. Nous essayons de résoudre des problèmes — politiques, religieux, personnels, relationnels, etc. — et pourtant ces problèmes ne sont jamais résolus. Vous vous efforcez de résoudre un problème, et sa solution même crée de nouveaux problèmes — ainsi qu'on le constate dans le monde politique. C'est pourquoi on se tourne vers la foi, vers une croyance. Or — je ne sais si vous l'avez remarqué — croire entraîne une atrophie du cerveau. Faites-en le constat, observez le phénomène. Le fait d'affirmer sempiternellement : « Je crois en Dieu », « Je crois en ceci », « Je crois en cela », la répétition de ces formules, qui est pratique courante dans les églises, les cathédrales, les temples, les mosquées, atrophie progressivement le cerveau, le privant de sa vraie nourriture. Lorsqu'on est attaché à une croyance, à une personne ou à une idée, il entre dans cet attachement du conflit, de la peur, de la jalousie, de l'angoisse : tout cela, constamment répété, contribue à l'atrophie du cerveau. « Je suis américain », « Je suis britannique »... ou hindou, ou que sais-je encore : la répétition de toutes ces inepties nationalistes maintient le cerveau en état de sous-alimentation et ses capacités déclinent peu à peu, ainsi que vous l'aurez forcément constaté chez ceux qui ne cessent de répéter qu'il n'y a qu'un seul et unique sauveur, que seul compte Bouddha, ou le Christ, ou que sais-je encore ?

Si vous êtes attentif à vous-même, vous verrez que cet attachement à une croyance fait partie intégrante du désir que l'on a de se sentir en sécurité, et que le désir, le besoin de sécurité psychologique, sous quelque forme que ce soit, provoque cette atrophie du cerveau, qui est à l'origine de toutes sortes de comportements névrotiques. En général, nous préférons nier les faits, car le constat est trop effrayant. Un tel déni est le propre de la médiocrité. Lorsque vous allez voir un gourou, un prêtre, ou que vous allez à l'église, que vous répétez, répétez sans cesse des formules, et que votre méditation prend cette forme répétitive, cela vous procure un sentiment de sécurité, cela vous rassure, et petit à petit votre cerveau s'atrophie, se ratatine, se rétrécit. Faites-en vous-même le constat. Je ne vous apprends rien : il vous suffit d'observer ce qui se passe dans votre vie. Mais l'observation de cette crise et cette crise elle-même, qui sévit dans votre esprit, votre cœur et votre conscience, sont une source perpétuelle de conflits, car jamais nous ne parvenons à résoudre complètement le moindre problème sans en voir surgir de nouveaux. Regardez donc ce qui nous échoit : une cascade de problèmes, de crises, d'incertitudes.

Le cerveau, l'esprit, peut-il jamais être libre de tout problème ? Posez-vous la question. C'est une question fondamentale, et c'est à soi-même qu'il faut la poser. Mais le cerveau est tellement rodé à résoudre des problèmes qu'il est incapable de comprendre ce que signifie le fait d'être libéré de tout problème. C'est en étant libre qu'il peut résoudre les problèmes, et pas l'inverse...

Si ce point-là est très clair, on commence alors à se demander s'il existe un autre instrument qui soit capable d'affranchir l'esprit de tous les problèmes, de sorte qu'il puisse les affronter. Vous saisissez la différence ? Seul un cerveau libre, un esprit libre et exempt de problèmes, peut faire face aux problèmes et les résoudre immédiatement. Mais un cerveau qui est entraîné à les résoudre sera toujours en conflit. D'où la question suivante : comment est-il possible de s'affranchir de tout conflit, alors que l'instrument responsable de nos problèmes, c'est précisément la pensée, ainsi que nous l'avons dit ?

Regardez les choses attentivement, mais sous un autre angle. Dans ce pays comme ailleurs, nous avons des problèmes relationnels entre hommes et femmes, ou entre hommes et hommes — dans le cas de l'homosexualité. Regardez les choses de très près, observez les faits, sans chercher à les modifier, à peser sur eux, sans dire : « Il ne faut pas agir ainsi », ou : « Voilà comment il faut agir », ou encore : « Aidez-moi à me sortir de là » : ne faites rien d'autre qu'observer. Vous ne pouvez rien changer au profil de cette montagne, au vol d'un oiseau, ou au cours des eaux vives d'une rivière : vous les observez simplement, et vous en voyez la beauté. Mais si vous dites en observant la montagne : « La montagne telle que je l'ai vue hier offrait un spectacle beaucoup plus beau », vous n'observez pas vraiment, vous ne faites que comparer.

Observons donc très attentivement cette question de la relation. La relation, c'est la vie. Hors de la relation, nul ne peut exister. On peut renier la relation, s'en protéger parce qu'elle fait peur, parce qu'elle est source de conflits, de blessures. Voilà pourquoi la plupart d'entre nous vivent leurs relations retranchés derrière un mur protecteur. Mais regardons les choses de très près — il faut observer, il n'y a rien à apprendre, c'est bien d'observation qu'il s'agit. Voyez-vous la beauté qu'il y a en cela ? Car nous voulons toujours apprendre, et ranger cet acquis dans la catégorie du savoir. Alors, on se sent en sécurité. En revanche, si vous observez sans idée préconçue, sans motif, sans aucune interférence de la pensée, si vous ne faites qu'observer, non seulement de manière visuelle, à l'œil nu, mais aussi en ayant l'esprit, le cœur et le cerveau libres d'observer sans aucun préjugé, alors vous découvrez de vous-même la beauté de la relation. Mais cette beauté nous fait défaut. Alors, examinons les choses en détail.

Qu'est-ce que la relation ? Etre relié, pas par les liens du sang, mais être liés les uns aux autres. Mais sommes-nous jamais reliés les uns aux autres ?... Psychologiquement, sommes-nous jamais intimement liés, profondément reliés à qui que ce soit, en fait ? Peut-être avons-nous envie d'avoir ce lien profond, mais nous ignorons comment il pourrait s'instaurer. Notre relation à l'autre est donc source de chagrin, de joies occasionnelles, de plaisirs occasionnels — parmi lesquels la réitération du plaisir sexuel.

A bien y regarder, sommes-nous authentiquement liés à qui que ce soit ? Ou la relation à l'autre passe-t-elle par la pensée, par l'image de votre mari ou de votre femme telle que l'a forgée la pensée — par l'image que vous vous faites d'elle ou de lui ? Votre relation n'est donc qu'une relation entre deux images — celle que vous avez de l'autre, et celle que l'autre se fait de vous. Et chacun porte en lui cette image, chacun suit sa propre voie — celle de l'ambition, de la cupidité, de la compétition, de la conquête du pouvoir, de la notoriété. Vous savez ce qui se passe dans toute relation : on suit des voies opposées ou parallèles, et qui ne se croisent jamais. Parce que la civilisation moderne est ainsi faite, tout ce que vous avez à offrir au monde, ce sont ces luttes, ces conflits perpétuels, ces divorces, ces changements de « partenaire ». Mais vous savez comment les choses se passent.

Le constat est assez effrayant — et c'est pourtant cela qu'on appelle la liberté. Mais lorsqu'on observe les faits — si vous les scrutez très attentivement, sans motif particulier, sans orientation préalable, ils commencent à se modifier, parce que vous avez mobilisé toute votre attention dans cette observation. Est-ce que vous me suivez ? Lorsque vous accordez une attention sans faille à quelque chose, vous l'exposez à la lumière. Cette lumière clarifie tout, et cette clarification efface *ce qui est*. Comprenez-vous ? Sommes-nous sur la même longueur d'onde ? Le fait est qu'on a en soi une image que la pensée a mis cinq, vingt, trente jours — ou dix ans à créer ; l'autre porte aussi en lui une image, et d'un côté comme de l'autre, on est ambitieux, avide, chacun des deux cherche la plénitude, sur le plan sexuel ou autre : vous n'ignorez rien des turbulences qui agitent ces prétendues relations. Il faut observer tout cela, ne faire rien d'autre qu'observer. Ce n'est que lorsqu'on veut échapper à la situation que les troubles névrotiques apparaissent, et c'est là qu'entrent en scène ces psychologues qui ne font qu'aggraver votre état. Affrontez le problème, regardez-le en face, accordez-lui toute votre attention. Lorsque vous mobilisez pleinement votre attention, en y mettant tout votre cœur, votre cerveau, vos nerfs, bref, toutes vos ressources, lorsque vous mettez toute votre énergie dans ce regard lucide, cette observation attentive clarifie tout. Or ce qui est clair est dénué de problèmes. Alors la relation prend une tout autre tournure.

Si la vie, pour un grand nombre d'entre nous, devient de plus en plus un immense problème, c'est parce que la vie et la relation ne font qu'un. Si nous ne sommes pas reliés de façon authentique — et c'est malheureusement le cas —, cette situation est source de problèmes. Nous avons créé une société fondée sur l'absence de relation. Les communistes, les socialistes et tous les hommes politiques voudraient modifier la nature de la société et les structures sociales. Or le problème crucial consiste à instaurer avec l'autre la relation « juste ». L'instaurer avec un seul, c'est l'instaurer avec tous, avec la nature aussi, et avec la terre entière et toutes ses splendeurs.

Il faut donc chercher à connaître les raisons profondes qui ont amené la pensée à semer la pagaille dans notre vie, car c'est la pensée qui a façonné l'image que je me fais de ma femme et de moi-même, ou de moi et d'un autre. Vous ne sortirez de l'engrenage qu'en attaquant le problème de front, en regardant en face la situation — car ni la pratique religieuse, ni la prière, ni aucune de ces attitudes puériles et immatures n'ont jamais rien résolu. Si vous voulez aller très loin, il faut commencer au plus près. C'est-à-dire observer votre relation à l'autre — que cet autre soit votre patron, votre menuisier, votre chef de chantier, votre mari — car la vie est un processus relationnel. Nous avons détruit cette relation, par l'action de la pensée. Or la pensée n'est pas l'amour. L'amour n'est ni le plaisir ni le désir. C'est pourtant à cela que nous avons réduit toute chose !

Rajghat, le 25 novembre 1981

Nous devons avant tout nous demander non seulement ce qu'est la religion, mais ce qu'est la pensée, ce que sont nos processus mentaux. Car toutes nos activités, tout notre imaginaire, tout ce qui est écrit dans les Upanishads, ou d'autres textes religieux fondamentaux — tout cela n'est qu'élaboration de la pensée. L'architecture, et cette technologie extraordinaire présente partout dans le monde, mais aussi tous les temples, et leur contenu — qu'il s'agisse d'un temple hindou, d'une mosquée ou d'une église —, tout cela est le résultat de la pensée. Les rituels, celui de la *puja*[1] comme d'autres formes de culte, ont tous été inventés par la pensée. Personne ne peut le nier. Toutes nos relations se fondent sur la pensée, toutes nos structures politiques se fondent sur la pensée, nos structures économiques, nos divisions nationales, sont le fruit de la pensée. Nous avons toujours exploré les aspects extérieurs de notre univers, mais jamais

1. Dévotion rituelle en vigueur dans la religion hindoue. *(N.d.T.)*

nous ne nous sommes demandé : qu'est-ce que penser ? Quelles sont les racines de la pensée, et quelles en sont les conséquences ? Au lieu de s'interroger sur l'*objet* de la pensée, il faut s'interroger sur son *processus*, et pas sur son *résultat* — ce qui est différent d'une interrogation sur la pensée elle-même. Nous comprenons-nous bien ?

*
* *

La faculté de penser est commune à toute l'humanité. La pensée, ce n'est pas *ma* pensée, mais *la* pensée. Elle n'est ni spécifiquement orientale ni occidentale, elle n'appartient pas plus à un camp qu'à un autre : la pensée est une.

Nous allons à présent expliquer ce qu'est la pensée, mais une explication n'est pas autre chose que la prise de conscience réelle de la manière dont la pensée naît en vous. L'orateur peut examiner en détail cette éclosion de la pensée, la décrire, mais cette explication ne saurait remplacer *votre* propre compréhension de l'origine de la pensée. Entendre une description, ce n'est pas faire soi-même la découverte, cependant l'explication, la communication verbale peuvent vous mettre sur le chemin de votre propre découverte. Et c'est beaucoup plus important que les explications de l'orateur.

Ces dernières années, l'orateur a donné un grand nombre de causeries dans le monde entier. On a donc inventé, pour les désigner, le terme d'« enseignements » ! (*Rires.*) Or ils ne sont pas quelque chose de lointain, enfoui là-bas, quelque part dans les pages d'un livre ; ces « enseignements » vous disent : « Regardez-vous en face, plongez en vous-même, examinez ce qui est là, au fond de vous, comprenez-le, et transcendez-le. » Ils ne sont qu'un moyen de mettre les choses en évidence, de les expliciter, mais c'est vous qui devez comprendre, ce n'est pas eux qui sont chargés de le faire, mais *vous-même.* Est-ce clair ? Donc, je vous en prie, n'essayez pas de comprendre ce que dit l'orateur, mais comprenez que ce qu'il dit agit comme un miroir tendu dans lequel vous vous regardez. Lorsque vous vous regardez très attentivement, le miroir n'a plus d'importance, il est bon à jeter. Voilà donc ce que nous sommes en train de faire.

Qu'est-ce que cette pensée dont vous dépendez — que ce soit pour gagner votre vie, dans vos relations, ou dans votre quête d'une dimension transcendante ? Comprendre la nature de la pensée est une chose très importante. L'orateur a débattu de la question avec de nombreux scientifiques occidentaux ayant fait des recherches approfondies dans le domaine du cerveau. Nous n'utilisons qu'une infime partie de notre cerveau. Vous l'aurez constaté, pour peu que vous ayez plongé en vous-même ; cela fait partie de la méditation que de découvrir par soi-même si le cerveau fonctionne dans son intégralité, ou seulement de manière très partielle. C'est une des questions à se poser. La pensée est la réponse de la mémoire, la mémoire ayant stocké des souvenirs par le canal du savoir, savoir lui-même emmagasiné au travers de l'expérience. Autrement dit, il y a d'abord l'expérience, puis le savoir, puis la mémoire stockée dans le cerveau, puis la pensée, puis l'action : et cette action nous incite à apprendre toujours plus — on accumule de nouvelles expériences, de nouvelles connaissances, on stocke toujours plus de souvenirs dans le cerveau, puis on agit, et cette action est incitative, elle fait qu'on veut apprendre plus. L'ensemble de ce processus se fonde sur tout ce mouvement qui part de l'expérience, du savoir, de la mémoire, pour aboutir à la pensée puis à l'action.

Tel est le moule dans lequel nous vivons — celui de la pensée. C'est un fait indiscutable. Nous rassemblons des quantités d'informations grâce à l'expérience — la nôtre ou celle des autres —, nous emmagasinons ce savoir dans notre cerveau, d'où jaillit la pensée, puis nous agissons. C'est ce qu'a toujours fait l'homme et depuis tout ce temps il reste enfermé dans ce cycle sans fin du mouvement de la pensée. Dans ce cadre étroitement limité, nous avons le choix, nous pouvons aller d'un coin du territoire à l'autre et dire : « Nous avons fait ce choix, nous sommes libres de nos mouvements », mais tout reste pourtant confiné à ce territoire limité du savoir. Nous fonctionnons donc toujours dans le cadre du connu ; et le savoir va toujours de pair avec l'ignorance, car le savoir absolu n'existe dans aucun domaine. Nous sommes donc toujours dans cet état contradictoire où se côtoient savoir et ignorance. La pensée est incomplète, morcelée, et le savoir ne pouvant jamais être absolu, il en résulte que la pensée est limitée et conditionnée. Et elle nous crée une multitude de problèmes.

*
* *

Le savoir est nécessaire en un certain sens, et c'est pourtant ce qu'il y a en nous de plus dangereux. Comprenez-vous cela ? Nous ne cessons d'accumuler un immense savoir — à propos de l'univers, de la nature de toute chose, dans le domaine scientifique, archéologique, etc., bref, nous ne cessons d'entasser une infinité de connaissances. Mais ce savoir peut nous empêcher d'agir dans la plénitude, dans la complétude de notre condition d'homme. C'est l'une de nos difficultés. Autrement dit, l'ordinateur peut nous surpasser en matière de pensée, d'aptitude à apprendre, il peut se corriger lui-même, il peut apprendre à jouer aux échecs à un très haut niveau et battre de grands maîtres en quatre ou cinq parties. Et l'on met au point à l'heure actuelle ce qui se fait de mieux en matière de machines intelligentes.

*
* *

L'ordinateur est capable d'engranger un volume de connaissances dépassant celui de n'importe quel individu. Une puce de la taille d'un ongle peut contenir toute l'*Encyclopaedia Britannica.* Vous comprenez ? Qu'en est-il de l'homme, dans une telle perspective ? L'homme a vécu jusqu'ici grâce à l'activité de son cerveau, resté actif justement parce que l'homme a dû lutter pour survivre, accumuler un savoir et un savoir-faire, afin de se sentir rassuré, d'être en sécurité. Mais à présent que la machine est en passe de prendre le relais, qu'en est-il de vous ? La machine, l'ordinateur, avec l'aide du robot, construisent des automobiles. L'ordinateur dit au robot ce qu'il doit faire ; si ce dernier fait une erreur, l'ordinateur la corrige, et le robot continue sa tâche. Que devient l'homme dans tout cela ? Quel est l'avenir de l'homme, si la machine peut prendre en charge toutes les opérations que la pensée effectue aujourd'hui — mais en étant plus rapide, en apprenant beaucoup plus vite, en étant plus compétitive —, si la machine, en somme, fait tout ce dont l'homme est capable ? Bien sûr, elle ne peut pas contempler l'étoile du Berger et en voir la beauté, ni percevoir l'extraordinaire tranquillité, le calme, l'immensité de tout cela. L'ordinateur est incapable de ressentir toutes ces choses, mais un jour qui sait... En tout cas, on y travaille furieusement.

Que va-t-il advenir de notre esprit, de notre cerveau ? Jusqu'à présent, notre cerveau a vécu en tablant sur le savoir dans sa lutte pour sa survie. Mais lorsque la machine aura pris le relais, que va-t-il se passer ? De deux choses l'une : ou bien l'homme se consacre totalement aux distractions liées à la vie extérieure comme le football, le sport en général, ou aux distractions religieuses, comme la fréquentation du temple, et tout ces petits jeux que vous connaissez bien ; ou bien il se tourne vers son univers intérieur, car le cerveau a d'immenses capacités, vraiment infinies. Ces aptitudes sont aujourd'hui mises à profit dans le domaine technologique, que la machine va prendre en charge. Elles ont jusqu'ici servi à recueillir des informations, des connaissances d'ordre scientifique, politique, social ou religieux, et soudain la machine prend le pas sur les capacités du cerveau — il va donc fatalement se flétrir. Si le cerveau reste inactif, s'il ne travaille pas, s'il ne pense pas — ce que la machine peut faire beaucoup mieux que lui —, quel avenir a-t-il devant lui ? Un avenir voué aux distractions, ou un avenir voué à l'exploration de soi, qui est infinie.

Comme nous l'avons dit, la pensée est l'expression ou la réaction de la mémoire, et la mémoire est le résultat du savoir, qui n'est autre que l'expérience. C'est dans ce cercle vicieux que l'homme s'est laissé piéger. Dans cette sphère, la pensée peut inventer des dieux — elle peut tout inventer. Or la machine se substitue à elle. J'ai donc le choix ou d'explorer en moi-même, ce qui est un processus infini, ou de plonger dans les distractions. La plupart des religions sont de l'ordre de la distraction — rituels et puja ne sont rien d'autre qu'une forme de distraction. Nous devons donc nous demander ce qu'est la religion. Ce qui revient à se demander si nous pouvons remettre de l'ordre dans la maison — notre maison, notre demeure intérieure, en proie jusque dans ses structures mêmes à un formidable désordre, créé en nous par les luttes, la douleur, l'angoisse, la solitude, l'agressivité et la souffrance qui sont les nôtres. Et c'est sur ces bases confuses et désordonnées que nous voudrions instaurer l'ordre extérieur, sur le plan politique, économique, social, etc., alors qu'en nous il est absent. Exiger l'ordre au-dehors sans qu'il règne en nous-même est un impossible espoir. Voyez la logique de la situation. Dans ce pays, dont la décadence va en s'accélérant, règnent l'anarchie, le désordre absolu, la corruption, les pots-de-vin, et toutes sortes de tricheries à tous les échelons ; et le même désordre absolu règne au sein de notre demeure intérieure, que nous avons créée : or nous ne cessons d'exiger l'ordre sur le plan extérieur, nous disons aux hommes politiques : « Faites régner l'ordre ! » Jamais nous ne disons que l'ordre doit d'abord régner ici, *dans notre demeure intérieure*. Alors, et alors seulement, l'ordre pourra régner au-dehors.

EXTRAIT DE *L'AVENIR DE L'HUMANITÉ*[1]
LE 20 JUIN 1983

Krishnamurti : Ne devrions-nous pas établir tout d'abord une distinction entre le cerveau et l'esprit ?

David Bohm : Cette distinction n'est pas nouvelle, et elle n'est pas claire. Bien sûr, divers points de vue existent, l'un étant que l'esprit n'est qu'une fonction du cerveau — c'est la tendance matérialiste —, l'autre disant que l'esprit et le cerveau sont deux choses différentes.

K. : Oui, je crois qu'il s'agit de deux choses différentes.

D.B. : Mais il y a forcément...

K. : ... un contact, un rapport entre eux.

1. Ouvrage non traduit en français. Titre original : *The Future of Humanity. (N.d.T.)*

D.B. : Oui, nous ne sous-entendons pas forcément qu'il y ait séparation entre le cerveau et l'esprit.

K. : Non. Mais examinons d'abord le cerveau. Je ne suis vraiment pas un spécialiste dans le domaine des structures cérébrales, et autres choses de ce genre, mais on peut examiner ce qui se passe en soi-même, et en observant l'activité de notre cerveau on constate qu'il fonctionne à la manière d'un ordinateur préalablement programmé, et doté d'une mémoire.

D.B. : Il est indéniable qu'une grande partie de son activité se passe ainsi, mais il n'est pas sûr que ce soit vrai pour la totalité du cerveau.

K. : Certes, mais le cerveau est conditionné — par les générations précédentes, par les journaux, les magazines, par toutes les activités et les influences émanant de l'extérieur.

D.B. : Mais qu'entendez-vous au juste par cette notion de conditionnement ?

K. : Le cerveau est programmé, il ne peut que se conformer à un certain schéma, il se nourrit entièrement du passé, se modifie avec le présent, et continue sur cette voie.

D.B. : Nous avons admis qu'une part de ce conditionnement était utile et même nécessaire.

K. : Bien sûr.

D.B. : Mais le conditionnement qui détermine l'ego, le...

K. : ... la psyché. Tenons-nous-en pour l'instant aux termes d'ego, de psyché.

D.B. : C'est de ce conditionnement-là — celui qui détermine l'ego — que vous voulez parler : il peut être non seulement superflu, mais nocif.

K. : Oui. L'importance accordée à la psyché, la primauté de l'ego, sont la cause d'énormes dégâts dans le monde, car tout cela divise, et suscite donc de perpétuels conflits, où l'ego est en conflit non seulement avec lui-même, mais avec la société, la famille, etc.

D.B. : Il est aussi en conflit avec la nature.

K. : Avec la nature et avec l'univers tout entier.

D.B. : Nous avons dit que le conflit avait lieu en raison de...

K. : La division...

D.B. : La division inhérente au caractère limité de la pensée. Fondée comme elle l'est sur le conditionnement, le savoir et la mémoire, la pensée ne peut être que limitée.

K. : Oui, l'expérience est limitée, le savoir l'est donc aussi ; et il s'ensuit que la mémoire et la pensée sont limitées. La nature même de la psyché, sa structure même se confondent avec le mouvement de la pensée, avec son mouvement dans le temps.

D.B. : Oui. J'aimerais maintenant soulever une question. Vous avez évoqué le mouvement de la pensée, mais je ne vois pas ce qui bouge au juste. Si je parle du mouvement de ma main, par exemple, le mouvement est réel : on voit clairement de quoi il s'agit. Mais lorsque nous parlons du mouvement de la pensée, il me semble qu'il s'agit alors d'une sorte d'illusion, car vous avez dit que le devenir n'est autre que le mouvement de la pensée.

K. : C'est ce que je veux dire : ce mouvement, c'est le devenir.

D.B. : Mais vous dites que ce mouvement est d'une certaine manière illusoire, n'est-ce pas ?

K. : Oui, bien sûr.

D.B. : C'est un peu comme au cinéma, où le mouvement est projeté en image sur l'écran sans qu'aucun objet réel ne se déplace, le seul mouvement réel étant celui du projecteur et de la bobine. Peut-on dire alors qu'un mouvement réel a lieu dans le cerveau sous forme d'une projection qui n'est autre que le conditionnement ?

K. : C'est ce que nous cherchons à savoir. Discutons-en un petit peu. Le cerveau est conditionné : nous l'admettons, ou nous le constatons l'un comme l'autre.

D.B. : Nous entendons par là qu'il a été profondément marqué, physiquement et chimiquement...

K. : ... et génétiquement, ainsi que psychologiquement.

D.B. : Quelle est la différence entre les deux formes d'influence — physique et psychologique ?

K. : Psychologiquement, le cerveau est centré sur l'ego — n'est-ce pas ? — et c'est cette perpétuelle affirmation du moi qui constitue le mouvement, le conditionnement — et l'illusion.

D.B. : Mais un mouvement réel a lieu à l'intérieur de nous. Par exemple, notre cerveau agit. Il a été conditionné physiquement et chimiquement, et, lorsque nous pensons à notre moi, il se passe quelque chose au niveau physique et chimique.

K. : Vous vous demandez si le cerveau et le moi sont deux choses différentes ?

D.B. : Non, je dis que l'ego est le résultat du conditionnement du cerveau.

K. : Oui, le conditionnement du cerveau et le moi ne font qu'un.

D.B. : Mais le moi existe-t-il ?

K. : Non.

D.B. : Mais le conditionnement du cerveau, tel que je le vois, c'est la participation active à la création d'une illusion que nous appelons le moi.

K. : C'est exact. Ce conditionnement peut-il être effacé ? Toute la question est là.

D.B. : Ce qu'il faut, c'est une véritable éradication du conditionnement — au sens d'un phénomène d'ordre à la fois physique, chimique et neurophysiologique.

K. : Oui.

D.B. : La première réaction de tout scientifique serait de dire qu'éradiquer ce conditionnement par les moyens que nous préconisons paraît très improbable. Certains scientifiques tablent sans doute plutôt sur la découverte future de drogues ou de modifications génétiques, ou sur une connaissance plus approfondie du cerveau. On pourrait peut-être de cette manière faire avancer les choses. C'est, je le crois, une idée assez répandue.

K. : Mais cela changera-t-il le comportement humain ?

D.B. : Pourquoi pas ? Je pense que certains croient en cette éventualité.

K. : Attendez une minute : tout le problème est là. L'éventualité que vous évoquez sous-entend une notion de futur.

D.B. : Oui, ces découvertes prendront sans doute du temps.

K. : Et dans l'intervalle l'homme court à sa perte.

D.B. : Il est à espérer qu'il parviendra à faire ces découvertes à temps. On peut aussi critiquer notre démarche, en disant : « A quoi sert votre discours ? » En effet, nos propos n'ont pas l'air d'avoir la moindre influence sur qui que ce soit, et l'effet ne sera certainement pas assez rapide pour que cela fasse une différence notable.

K. : Nous sommes pourtant tous les deux très clairs à ce sujet. En quoi notre discours affecte-t-il l'humanité ?

D.B. : L'affectera-t-il vraiment, et à temps pour la sauver... ?

K. : Non, de toute évidence.

D.B. : Alors à quoi bon insister ?

K. : Parce que c'est la seule chose à faire — et

il faut la faire gratuitement, sans considération de récompense ou de punition.

D.B. : Hors de toute notion d'objectif. Nous faisons ce qu'il y a à faire, même si nous ne sommes pas sûrs du résultat final, c'est bien cela ?

K. : Exactement.

D.B. : Voulez-vous dire qu'il n'y a pas d'autre solution ?

K. : C'est bien ce que nous disons, en effet : c'est la seule chose à faire.

D.B. : Il faudrait éclaircir ce point. Par exemple, selon certains psychologues, le seul fait d'explorer ce genre de question pourrait entraîner une mutation dans l'évolution de la conscience.

K. : C'est un retour au stade où l'on espère que, le temps aidant, on pourra modifier la conscience. Nous contestons cette notion.

D.B. : Nous l'avons souvent réfutée ; selon nous, c'est justement parce que nous comptons sur le temps que nous tombons tous inéluctablement dans le piège du devenir et de l'illusion, sans jamais nous rendre compte de ce que nous faisons.

K. : C'est exact.

D.B. : Pourrait-on dire que les scientifiques qui cherchent à influer sur la conscience au niveau physique, chimique ou structurel, sont logés à la même enseigne — c'est-à-dire qu'ils sont eux aussi pris au piège, et comptent sur le temps pour devenir meilleurs ?

K. : Oui, les expérimentateurs, les psychologues, et nous-même — chacun cherche à devenir une chose ou une autre.

D.B. : Oui, même si ce n'est pas tout de suite évident. Les scientifiques donnent l'impression d'être des observateurs vraiment désintéressés et impartiaux, qui s'efforcent de résoudre le problème. Mais, derrière les apparences, on sent bien que celui qui se pose ce genre de question a un désir de se surpasser, de devenir meilleur.

K. : Le désir de devenir... bien sûr.

D.B. : Il n'en est pas libéré.

K. : Précisément.

D.B. : Et ce désir va faire naître en nous le leurre et l'illusion, et ainsi de suite.

K. : Où en sommes-nous à présent ? A cette notion que toute forme de devenir est une illusion, et que le devenir suppose le temps, le temps nécessaire pour que la psyché change. Nous disons au contraire que le temps n'est pas nécessaire.

D.B. : Cette question recoupe celle qui concerne l'esprit et le cerveau. Le cerveau est le lieu d'une activité dans le temps, qui se présente sous la forme d'un processus physique et chimique complexe.

K. : Je crois que l'esprit et le cerveau sont deux choses à part.

D.B. : *A part ?* Que voulez-vous dire ? Sont-ils oui ou non en contact l'un avec l'autre ?

K. : Ils sont distincts l'un de l'autre au sens où le cerveau est conditionné et l'esprit ne l'est pas.

D.B. : Disons alors que l'esprit a une certaine indépendance par rapport au cerveau. Même si l'un est conditionné...

K. : ... l'autre ne l'est pas.

D.B. : Il n'est pas forcément...

K. : ... conditionné.

D.B. : Sur quoi vous fondez-vous pour affirmer cela ?

K. : Ne commençons pas par la question des bases sur lesquelles je m'appuie, voulez-vous ?

D.B. : D'accord, disons plutôt : qu'est-ce qui vous fait dire cela ?

K. : Tant que le cerveau est conditionné, il n'est pas libre ; l'esprit est libre, lui.

D.B. : Oui, c'est ce que vous dites. Pourtant, voyez-vous, l'absence de liberté du cerveau signifie qu'il n'est pas libre de s'enquérir en toute impartialité.

K. : Je vais approfondir la question. Posons-la donc. Qu'est-ce que la liberté — si ce n'est la liberté d'explorer, d'enquêter ? Ce n'est que dans la liberté qu'on a une vision lucide et profonde des choses.

D.B. : Oui, c'est clair. En effet, si l'on n'est pas libre d'explorer, ou si l'on est partial, alors on est limité, dans un contexte qui est arbitraire.

K. : Tant que le cerveau est conditionné, sa relation à l'esprit reste limitée.

D.B. : Cette relation peut s'envisager dans un sens ou dans l'autre.

K. : Certes, mais c'est l'esprit, parce qu'il est libre, qui entre en contact avec le cerveau.

D.B. : Nous affirmons à présent que l'esprit est libre, en un certain sens, qu'il n'est pas assujetti au conditionnement du cerveau.

K. : En effet.

D.B. : Quelle est donc la nature de l'esprit ? L'esprit se situe-t-il à l'intérieur du corps, ou dans le cerveau ?

K. : Il n'a rien à voir avec le corps ou le cerveau.

D.B. : A-t-il un quelconque rapport avec l'espace ou le temps ?

K. : L'espace — attendez une seconde ! Ce qui est en cause, c'est l'espace et le silence. Ce sont les deux facteurs de...

D.B. : « L'espace et le silence », dites-vous — mais pas le temps ?

K. : Non, le temps est le propre du cerveau.

D.B. : Mais de quel espace s'agit-il ? Ce n'est pas celui qui sert de cadre au déroulement des événements de l'existence.

K. : L'espace... Considérons les choses sous un autre angle. La pensée peut inventer un espace.

D.B. : En outre, nous avons l'espace visible, tangible. Mais la pensée est capable d'inventer toutes sortes d'espaces.

K. : Il y a l'espace entre ici et là-bas.

D.B. : Oui, c'est dans ce plan que nous nous déplaçons.

K. : Et aussi l'espace entre deux bruits, entre deux sons.

D.B. : L'intervalle entre deux sons.

K. : Oui, l'intervalle qui sépare deux bruits, deux pensées, deux notes, l'espace entre deux personnes.

D.B. : Et entre leurs murailles respectives.

K. : Et ainsi de suite. Mais ce genre d'espace n'est pas celui de l'esprit.

D.B. : Selon vous, cet espace-là n'est pas limité ?

K. : C'est exact ; mais je ne voulais pas recourir au terme « limité ».

D.B. : Il est pourtant sous-entendu. Il n'est pas dans la nature de cet espace d'être limité par quoi que ce soit.

K. : Non, il n'est pas limité par la psyché.

D.B. : Mais est-il limité par une chose quelconque ?

K. : Non. Dans ce cas, le cerveau est-il capable de changer — lui dont toutes les cellules sont conditionnées ? Ces cellules peuvent-elles changer de façon radicale ?

D.B. : Nous avons souvent évoqué cette question. Il n'est pas sûr que *toutes* les cellules soient conditionnées. Certains pensent, par exemple, que seules certaines cellules, ou une petite partie d'entre elles, sont actuellement utilisées, les autres étant inactives, en sommeil.

K. : Elles ne servent pratiquement pas, ou elles ne sont sollicitées que de manière occasionnelle.

D.B. : Effectivement. Mais actuellement, quelles que soient les cellules conditionnées, ce sont elles qui dominent la conscience.

K. : Oui — mais peuvent-elles être l'objet d'un changement ? Nous disons que c'est possible, grâce à la vision pénétrante qui, elle, ne dépend pas du temps, et ne résulte ni du souvenir, ni d'une intuition, ni d'un désir ou d'un espoir. Cette vision est étrangère à toute notion de temps ou de pensée.

D.B. : Mais la vision pénétrante procède-t-elle de l'esprit, est-elle l'expression de la nature même de l'esprit, est-elle une activité de l'esprit ?

K. : Oui.

D.B. : Vous affirmez donc que l'esprit peut agir sur le cerveau, au niveau de sa matière même ?

K. : Oui, nous l'avons déjà dit.

D.B. : Mais, voyez-vous, cette question de savoir comment l'esprit peut agir sur la matière est délicate.

K. : L'esprit est capable d'agir sur le cerveau. Prenons pour exemple une crise ou un problème quelconques. Etymologiquement, comme vous le savez, le mot *problème* désigne « quelque chose qu'on vous lance ». Et nous l'abordons avec tout le poids des souvenirs passés, avec partialité, etc. Le problème ne fait donc que se multiplier. Vous pouvez résoudre un problème, mais la solution que vous y apportez suscite de nouveaux problèmes, comme on le constate en politique, par exemple. En revanche, pour aborder le problème, ou plutôt pour le percevoir sans interférence ni projection d'aucun souvenir passé, d'aucune pensée...

D.B. : Cela suppose que cette perception procède aussi de l'esprit...

K. : Oui, exactement.

D.B. : Voulez-vous dire que le cerveau est une sorte d'instrument de l'esprit ?

K. : Oui, dès lors qu'il cesse d'être centré sur l'ego.

D.B. : On peut envisager l'ensemble du conditionnement comme étant une forme d'autoexcitation, entretenue par le cerveau lui-même en fonction de la programmation qui lui est propre — et cela mobilise toutes ses capacités.

K. : Toute notre existence y passe, en effet.

D.B. : Le cerveau ressemble en somme à un récepteur radio capable de générer son propre bruit, mais insensible à un signal.

K. : Non, pas tout à fait ; poussons un peu plus loin. L'expérience est toujours limitée. Je peux gonfler cette expérience aux dimensions d'un événement formidable, puis ouvrir boutique et en faire commerce — l'expérience n'en reste pas moins limitée. Cela explique que le savoir soit toujours limité, or ce savoir agit sur le cerveau : ce savoir est le cerveau. La pensée fait aussi partie du cerveau, et elle est limitée. Le cerveau opère donc dans un périmètre très, très restreint.

D.B. : Oui, mais qu'est-ce qui l'empêche d'opérer dans une zone plus large, dans une zone illimitée ?

K. : La pensée y fait obstacle.

D.B. : Mais il me semble que le cerveau fonctionne de lui-même, en obéissant à son propre programme.

K. : Oui, comme un ordinateur.

D.B. : Au fond, ce que vous voudriez, c'est que le cerveau soit réellement en mesure de répondre à l'esprit.

K. : Il ne peut répondre que s'il est affranchi de toute limitation, affranchi de la pensée, qui est limitée.

D.B. : De sorte qu'il cesse alors d'être limité par ce fameux programme. Pourtant, nous aurons toujours besoin de ce programme.

K. : Bien sûr ! Nous en avons besoin pour...

D.B. : ... pour quantité de choses. Mais l'intelligence procède-t-elle de l'esprit ?

K. : Oui, l'intelligence est l'esprit.

D.B. : Elle *est* l'esprit.

K. : Nous devons approfondir un autre point. Du fait que la compassion est liée à l'intelligence, il n'est pas d'intelligence sans compassion. Et la compassion ne peut exister qu'en présence de l'amour, qui est totalement affranchi de tous les souvenirs, de toutes les jalousies personnelles, etc.

D.B. : Toute cette compassion, tout cet amour, appartiennent-ils aussi à l'esprit ?

K. : Ils en font partie. On ne peut pas être compatissant si on est attaché à une expérience ou à un idéal particuliers.

D.B. : Oui, car tout cela fait encore partie de notre programme.

K. : Exactement. Prenons un exemple — celui de tous ceux qui partent dans des pays ravagés par la pauvreté : ces gens-là ne cessent de travailler, de travailler — et ils appellent cela de la compassion. Alors qu'ils sont attachés — si ce n'est ligotés — à une forme particulière de croyance religieuse : ils n'agissent que par pitié ou par solidarité — ce n'est pas de la compassion.

D.B. : Oui, si je comprends bien, on est en présence de deux éléments — le cerveau et l'esprit — qui peuvent être relativement indépendants, bien qu'ils soient au contact l'un de l'autre. Nous disons donc que l'intelligence et la compassion ont leur source au-delà du cerveau. Je voudrais creuser cette question du contact entre l'esprit et le cerveau : comment a-t-il lieu ?

K. : Ah ! Le contact ne peut s'établir que lorsque le cerveau est calme et silencieux.

D.B. : Oui, le silence du cerveau est la condition indispensable à ce contact.

K. : Mais il ne s'agit pas d'un silence auquel on s'exerce, d'un désir conscient, prémédité, de silence mais au contraire du silence qui jaillit spontanément de la compréhension qu'on a de son propre conditionnement.

D.B. : Et l'on voit qu'en se taisant, le cerveau pourrait se mettre à l'écoute de quelque chose de plus profond ?

K. : C'est exact. S'il est silencieux, il est alors relié à l'esprit. Et l'esprit peut alors fonctionner par le canal du cerveau...

Sommes-nous donc capables de soutenir le face à face avec *ce qui est,* au lieu de nous attarder sur *ce qui devrait être,* ou sur *ce qui doit être,* au lieu de nous inventer des idéaux, etc. ?

D.B. : Oui, mais pourrions-nous revenir à la question de l'esprit et du cerveau ? Selon nous, il n'y a pas de division entre eux.

K. : Oh non, il n'y a pas de division.

D.B. : Ils sont en contact — c'est bien cela ?

K. : Nous avons dit qu'il y avait contact entre l'esprit et le cerveau lorsque l'esprit est silencieux, et qu'il a de l'espace.

D.B. : Donc, bien qu'ils soient en contact, et absolument pas divisés, l'esprit peut cependant être relativement indépendant du conditionnement du cerveau.

K. : Là, il faut être prudent ! Supposons que mon cerveau ait été conditionné : par exemple, j'ai été programmé pour être hindou ; toute mon existence, tous mes actes sont conditionnés par l'idée que je suis hindou. L'esprit n'a de toute évidence aucun lien avec ce conditionnement-là.

D.B. : Vous dites « l' » esprit, pas « mon » esprit.

K. : Ce n'est pas « mon » esprit, l'esprit ne m'appartient pas.

D.B. : Il est universel, général.

K. : Oui, et le cerveau n'est pas non plus « mon » cerveau.

D.B. : Non, mais il existe pourtant des cerveaux individuels, il y a ce cerveau-ci, ou celui-là. Diriez-vous qu'il existe un esprit individuel ?

K. : Non.

D.B. : Cette distinction est capitale. Selon vous, l'esprit est réellement universel.

K. : L'esprit est universel — si l'on peut se permettre cette vilaine expression.

D.B. : Il est un et illimité.

K. : Il est vierge de toute pollution, il n'est pas pollué par la pensée.

D.B. : Je crois que pour la majorité d'entre

nous, il sera difficile d'expliquer comment on peut connaître quoi que ce soit de cet esprit. Au premier abord, c'est « mon » esprit que je perçois, et c'est tout ce que nous savons, n'est-ce pas ?

K. : Mais vous ne pouvez pas dire qu'il s'agisse de « votre » esprit ; vous avez une seule chose : votre cerveau, qui est conditionné. Rien ne vous permet de dire : « C'est mon esprit. »

D.B. : Mais j'ai l'impression que tout ce qui se passe à l'intérieur de moi-même m'appartient, et que c'est très différent de ce qui se passe à l'intérieur d'un autre.

K. : Non. Je conteste que ce soit différent.

D.B. : En tout cas cela a l'air différent.

K. : Oui, je conteste l'idée que ce qui se passe en moi en tant qu'être humain soit différent de ce qui se passe en vous, qui êtes mon semblable. Nous sommes tous deux en proie à toutes sortes de problèmes et de souffrances, nous connaissons la peur, l'angoisse, la solitude, etc. Nous avons nos dogmes, nos croyances, nos superstitions. Comme tout le monde.

D.B. : On peut dire qu'il y a beaucoup de similitudes, mais il semble que chacun d'entre nous soit isolé des autres.

K. : Par la pensée. Ma pensée m'a fait croire

que je suis différent de vous, parce que mon corps est différent du vôtre, que mon visage est différent du vôtre. Nous élargissons cette notion de différence au domaine psychologique.

D.B. : Pourquoi ne pas dire tout de suite que cette division n'est peut-être qu'une illusion ?

K. : Non, pas « peut-être » ! C'en est une !

D.B. : C'est une illusion. Admettons-le — bien qu'à première vue ce ne soit pas évident.

K. : Bien sûr.

D.B. : En réalité, même le cerveau n'est pas divisé, car nous sommes non seulement tous semblables, mais véritablement connectés les uns aux autres. Et puis, au-delà de tout cela, il y a l'esprit, qui est un et indivisible.

K. : Et qui n'est pas conditionné.

D.B. : Ce qui suggérerait, semble-t-il, que dans la mesure où un individu se perçoit comme un être distinct, il a de ce fait très peu de contact avec l'esprit.

K. : Très juste, c'est ce que nous avons dit.

D.B. : L'esprit est absent.

K. : Voilà pourquoi l'essentiel n'est pas de comprendre l'esprit, mais notre conditionnement. Et il est essentiel de savoir si notre conditionnement — ce conditionnement commun à l'humanité — pourra jamais s'effacer. Voilà la vraie question.

*
* *

K. : Pour que les choses soient plus faciles à comprendre, prenons un problème parmi d'autres — celui de la souffrance, par exemple. Les êtres humains ont souffert interminablement, en raison des guerres, des maladies et des relations fausses qu'ils nouent entre eux. Tout cela peut-il prendre fin ?

D.B. : Selon moi, la difficulté à mettre fin à cette situation réside dans le fait qu'elle est incluse dans notre programme, nous y sommes conditionnés.

K. : Oui, et cela dure depuis des siècles.

D.B. : Les racines du problème sont très profondes.

K. : Très, très profondes. Mais cette souffrance peut-elle être abolie ?

D.B. : Pas par l'intervention du cerveau.

K. : Non, pas par la pensée.

D.B. : Le cerveau est englué dans la souffrance : il n'a plus la capacité d'action lui permettant de mettre fin à sa propre souffrance.

K. : Evidemment. C'est la raison pour laquelle la pensée ne peut abolir la souffrance — puisqu'elle en est l'auteur.

D.B. : Effectivement, elle est responsable de cette souffrance, et en tout cas elle se révèle incapable de la maîtriser.

K. : La pensée est à l'origine des guerres, du malheur, de la confusion. Et elle a pourtant pris une place prépondérante dans les rapports humains.

D.B. : Oui, mais à mon avis, on peut, tout en étant d'accord sur cette analyse, penser malgré tout que la pensée, si elle est capable du pire, est aussi capable du meilleur.

K. : Non, la pensée ne peut rien faire de bien ni de mal, elle se contente d'être ce qu'elle est — c'est-à-dire limitée.

D.B. : La pensée ne peut maîtriser cette souffrance ; or celle-ci étant indissociable du conditionnement physique et chimique du cerveau, la pensée n'a pas même le moyen de savoir ce qu'est cette souffrance.

K. : Par exemple, je perds mon fils et je suis...

D.B. : Oui, mais la pensée ne me permet pas d'identifier ce qui se passe en moi. Je ne peux rien changer à ma souffrance intime parce que mes processus mentaux ne me donnent aucun indice sur elle. Or vous dites à présent que l'intelligence, c'est la perception.

K. : Mais le sujet, c'est la souffrance : peut-elle prendre fin ? Voilà notre question. Là est le problème.

D.B. : En effet, et il est évident que la pensée ne peut y mettre fin.

K. : Elle en est incapable. C'est bien là le problème. Mais si la vision pénétrante m'éclaire...

D.B. : Cette vision passe forcément par l'intervention de l'esprit, par l'intelligence et l'attention.

K. : Quand la vision pénétrante intervient, l'intelligence efface toute souffrance.

D.B. : Donc, selon vous, l'esprit entre en contact avec la matière, et ce contact provoque l'effondrement de cette structure — d'ordre à la fois physique et chimique — qui nous maintient sous le joug de la souffrance.

K. : Exactement ; et cet effondrement implique une mutation des cellules cérébrales.

D.B. : Oui, et cette mutation réduit à néant

l'ensemble de cette structure qui nous fait souffrir.

K. : C'est exact. Tout se passe comme si, après avoir longtemps obéi à une certaine tradition, je changeais soudain de cap, et que ce changement gagne tout le cerveau : il faisait route vers le nord, maintenant le cap est à l'est.

D.B. : Bien sûr, il s'agit là d'une position qui se démarque radicalement des conceptions scientifiques traditionnelles, car si l'on admet l'idée que l'esprit est différent de la matière, on aura du mal à affirmer que l'esprit puisse réellement...

K. : Pourrait-on dire que l'esprit est pure énergie ?

D.B. : On pourrait exprimer les choses ainsi, mais la matière est aussi de l'énergie.

K. : Oui, mais la matière est limitée, la pensée est limitée.

D.B. : La pure énergie de l'esprit est capable de pénétrer au cœur même de l'énergie limitée de la matière — c'est bien ce que nous disons ?

K. : Oui, c'est cela, et cette énergie est capable d'en modifier les limites.

D.B. : De faire disparaître certaines limitations.

K. : Quand on est confronté à un problème grave, ou à un défi majeur.

D.B. : Nous pourrions également ajouter que tous les moyens traditionnels mis en œuvre pour ce changement sont inopérants...

K. : Ils ont échoué.

D.B. : Dire cela ne suffit pas : ils sont vraiment inopérants — et il faut le dire, car on risque sinon de continuer à espérer en leur efficacité.

K. : Alors qu'elle est nulle.

D.B. : Parce que la pensée, n'ayant pas accès à ses propres fondements physiques et chimiques au niveau cellulaire, est incapable d'agir sur ces cellules.

K. : Effectivement, la pensée ne peut pas susciter de changement en elle-même.

D.B. : Et pourtant, pratiquement tout ce que l'humanité a essayé de réaliser est fondé sur la pensée. Certes, dans une certaine zone étroitement limitée, cela ne pose pas problème, mais ce n'est pas en abordant les choses de manière classique qu'on peut influencer l'avenir de l'humanité.

K. : Lorsqu'on écoute les hommes politiques, qui s'activent si frénétiquement partout dans le monde, on constate qu'ils ne cessent de créer des problèmes, or pour eux la pensée, les idéaux, c'est ce qui compte par-dessus tout.

D.B. : En règle générale, les gens ne connaissent rien d'autre.

K. : Exactement. Nous disons que ce vieil instrument qu'est la pensée est usé, sauf dans certaines zones précises.

D.B. : Et hors de ces zones, la pensée n'a jamais été l'outil adéquat.

K. : Bien entendu.

D.B. : Et, si l'on s'en réfère à l'histoire, l'homme a toujours été en butte à des difficultés.

K. : Il a toujours été en proie aux problèmes, aux vicissitudes, à la peur. Face à toute la confusion qui règne dans le monde, une solution à tous ces problèmes est-elle envisageable ?

D.B. : Cela nous ramène à une question que j'aimerais poser de nouveau. Il semble qu'il y ait une petite poignée d'hommes qui parlent de ces sujets-là, et qui croient peut-être avoir les réponses, ou qui pratiquent peut-être la méditation, etc. Mais dans quelle mesure cela va-t-il influencer ce vaste courant de l'humanité ?

K. : Probablement très peu. Mais cette

influence est-elle indispensable ? Il se pourrait qu'elle agisse... ou non. Ce qui nous amène à nous demander : à quoi tout cela sert-il ?

D.B. : Oui, précisément : à quoi tout cela sert-il ? Je crois qu'un sentiment instinctif nous pousse à poser cette question.

K. : Je crois pourtant que ce n'est pas la bonne.

D.B. : Notre première réaction est de dire : « Que pouvons-nous faire pour enrayer cette immense catastrophe ? »

K. : Oui. Mais si chacun d'entre nous, quel qu'il soit, écoute, et voit cette vérité — à savoir que la pensée, dans son activité extérieure comme intérieure, est responsable d'une abominable pagaille, d'une immense souffrance —, on est alors forcément amené à se demander s'il peut être mis fin à cet état de fait. Si la pensée est incapable d'y mettre fin, qu'est-ce qui en aura le pouvoir ? Quel est le nouvel instrument capable de mettre fin à toute cette détresse ? En fait, ce nouvel instrument existe : c'est l'esprit, l'intelligence. Mais cela, on ne veut pas l'entendre, voilà le problème. Du côté des scientifiques, et du côté des simples profanes comme nous, on a tiré des conclusions définitives, et on refuse d'écouter.

D.B. : Oui, c'est à cela que je songeais en rappelant le peu d'impact qu'ont les petits groupes.

K. : Bien sûr. Je crois pourtant que ce sont de petites poignées d'hommes qui ont *bouleversé* le monde — en bien ou en mal. Hitler et les communistes ont changé la face du monde, mais ils ont suivi des schémas similaires. Jamais aucune révolution matérielle n'a changé la condition humaine psychologiquement parlant.

D.B. : Croyez-vous possible que le fait, pour un certain nombre de cerveaux, d'entrer ainsi en contact avec l'esprit puisse avoir sur l'humanité un impact qui irait au-delà de l'effet immédiat et évident lié au message qu'ils cherchent à communiquer ? Il me semble évident que tout individu ainsi impliqué peut communiquer au niveau ordinaire — et l'effet en sera minime —, mais à présent quelque chose de tout à fait différent semble être envisageable.

K. : Oui, c'est exact. Mais comment faire comprendre ce problème subtil et très complexe à un individu qui baigne dans la tradition, qui est conditionné, et qui refuse même de prendre le temps d'écouter, de prendre le problème en considération ? J'ai souvent réfléchi à cela.

D.B. : Précisément, tout le problème est là. On pourrait cependant dire que ce conditionnement ne peut pas être absolu, ne peut pas être un obstacle infranchissable, car dans ce cas il n'y aurait plus aucune issue. Mais on peut considérer ce conditionnement comme susceptible d'être quelque peu perméable.

K. : Par exemple, le pape refuse de nous écouter, il jouit pourtant d'une influence immense.

D.B. : Est-il possible que chaque individu soit apte à écouter quelque chose ? Encore faut-il découvrir quoi ?

K. : Il faut aussi qu'il soit patient. Mais qui est prêt à écouter ? Les hommes politiques refusent d'écouter, les idéalistes refusent d'écouter, les tenants du totalitarisme refusent d'écouter, les gens imbus de religion refusent d'écouter. Mais peut-être qu'une personne dite ignorante, ni trop cultivée, ni trop conditionnée par sa carrière professionnelle, peut-être qu'un malheureux qui dit : « Je souffre, aidez-moi, il faut que cela cesse... », peut-être que celui-là...

D.B. : Mais celui-là n'écoute pas non plus, en fait. Tout ce qu'il veut, c'est trouver du travail.

K. : Bien sûr. Il dit : « Donnez-moi d'abord à manger. » Cela fait soixante ans que nous vivons ce dilemme : les pauvres ne veulent pas écouter, pas plus que les riches, pas plus que les érudits, pas plus que les croyants profondément ancrés dans les dogmes religieux. Sans doute ce message est-il comme une vague qui finira peut-être par entraîner quelqu'un dans sa course à travers le monde. « Notre message a-t-il une influence ? » demandons-nous. Je crois que cette question n'est pas la bonne.

D.B. : Vous avez raison. Car cela revient à

introduire la notion de temps, de devenir. Cela fait intervenir une fois de plus la psyché dans ce processus de devenir.

K. : Oui. Mais si l'on dit... que l'humanité en ressent forcément les effets...

D.B. : Suggérez-vous que notre démarche affecte l'humanité par l'intermédiaire direct de l'esprit, plutôt que par... ?

K. : Oui, même si les effets ne sont pas immédiatement perceptibles.

D.B. : Vous prenez très au sérieux ce que vous avez dit à propos de l'esprit, à savoir son universalité, le fait qu'il ne se situe pas dans notre espace ordinaire et qu'il n'ait pas de forme individuelle...

K. : Oui, mais il y a danger à dire que l'esprit est universel. Certains le disent, et c'est devenu une tradition.

D.B. : Bien sûr, cela peut devenir une simple idée, une théorie abstraite.

K. : Là est le danger, justement : c'est bien ce que je disais.

D.B. : Mais le vrai problème, c'est que pour que cette dimension de l'esprit devienne réelle, il faut qu'on entre en contact direct avec elle. C'est bien cela, n'est-ce pas ?

K. : Exactement. Et ce contact ne peut se faire que lorsque l'ego n'est plus. Disons pour simplifier que, lorsque l'ego s'efface, la beauté, le silence et l'espace sont là ; alors cette intelligence, née de la compassion, entre en action par l'intermédiaire du cerveau. C'est tout simple.

Saanen, le 25 juillet 1983

Interlocuteur : Pourrions-nous parler du cerveau et de l'esprit ? La pensée naît au cœur des cellules cérébrales, qui en sont le support matériel. En d'autres termes, la pensée est un processus matériel. Si elle s'interrompt, si la perception se fait sans la pensée, que se passe-t-il du côté du cerveau, qui est d'ordre matériel ? Vous semblez suggérer que l'esprit se situe hors du cerveau, mais où peut avoir lieu ce mouvement de pure perception, si ce n'est quelque part au sein du cerveau ? Et comment une mutation peut-elle avoir lieu dans les cellules cérébrales, si la pure perception est déconnectée du cerveau ?

Krishnamurti : Avez-vous tous entendu la question ? En premier lieu, notre interlocuteur parle de la distinction à faire entre l'esprit et le cerveau. Puis il s'interroge : la vraie perception se situe-t-elle exclusivement en dehors du cerveau, ce qui signifie que la pensée n'est pas un processus de perception ? L'autre question étant : si la perception a lieu en dehors du cerveau — c'est-à-dire hors du processus de pensée, hors du processus de mémorisation —, que va-t-il advenir aux cellules cérébrales elles-mêmes, qui sont conditionnées par le passé ? Va-t-il y avoir mutation au sein des cellules du cerveau, si la perception est extérieure à celui-ci ? Telles sont les questions que pose notre interlocuteur. Est-ce clair ?

Commençons donc par le cerveau et l'esprit. Le cerveau a une fonction physique, il est comparable à un muscle comme le cœur, et l'ensemble des souvenirs est contenu dans les cellules cérébrales — nous sommes bien d'accord ? Certes, je suis loin d'être un spécialiste du cerveau et je n'ai pas étudié les experts, mais j'ai déjà derrière moi une longue existence, et j'ai beaucoup observé non seulement les réactions des autres — ce qu'ils disent, ce qu'ils pensent, ce qu'ils cherchent à me dire —, mais aussi la façon dont réagit le cerveau. Le cerveau n'a cessé d'évoluer à travers les âges, et il a fallu des millions d'années pour passer du stade de l'unique cellule au stade du singe, et un autre million d'années pour que l'homme adopte la station debout, pour en arriver au cerveau humain. Le cerveau humain est emprisonné dans la boîte crânienne, mais il est capable d'échapper à ses propres frontières. Vous pouvez, tout étant assis là, penser à votre pays, à votre maison, et vous y êtes instantanément — pas physiquement, mais en pensée. Le cerveau a des capacités extraordinaires, et il a réussi des prouesses hors du commun dans le domaine technologique.

Le cerveau humain est donc doté de formidables aptitudes. Ce cerveau a été conditionné par le langage — ou plutôt par les limitations du langage ; il a été conditionné par un climat, une nourriture spécifiques, par la société dans laquelle il a baigné — or cette société, c'est le cerveau qui l'a créée, et elle ne diffère en rien des autres activités du cerveau. Il a été conditionné par des millions d'années d'expérience, de savoir accumulé — fondé sur l'expérience, autrement dit sur la tradition. Je suis britannique, vous êtes allemand, il est hindou, il est noir, il est ceci, il est cela : toutes les divisions à base de nationalisme, qui sont en fait des divisions tribales, et toutes les divisions religieuses sont liées à la tradition. Le cerveau est donc conditionné. Certes il a des capacités extraordinaires, mais il a été conditionné, c'est pourquoi il est limité — pas dans le monde de la technologie, de l'informatique, etc., mais dans la sphère de la psyché, et, là, il est extrêmement limité. « Connais-toi toi-même », a-t-on dit et répété depuis l'Antiquité grecque et hindoue. Or ce qu'on étudie, c'est la psyché de l'autre, mais jamais la sienne propre. Jamais les psychologues, les philosophes, les spécialistes ne se prennent eux-mêmes pour objet d'étude. Ils étudient les rats, les lapins, les pigeons, les singes, et ainsi de suite, mais jamais ils ne disent : « Je vais me regarder de près. Je suis ambitieux, avide, envieux, je suis en compétition avec mon voisin, avec mes collègues scientifiques. » La psyché est restée identique depuis des milliers d'années : nous sommes formidables sur le plan extérieur, dans le domaine technologique, mais sur le plan intérieur, nous sommes très primitifs — vous êtes bien d'accord ?

Le cerveau est limité et primitif dans le cadre de l'univers de la psyché. Ces limites peuvent-elles disparaître ? Ces limitations que sont l'ego, le moi, l'intérêt égoïste, tout cela peut-il être balayé ? Ce qui signifie qu'alors le cerveau sera déconditionné — est-ce que vous me comprenez ? Alors la peur n'existera plus. La plupart d'entre nous vivent dans la crainte, l'angoisse, la peur de l'avenir, de la mort et d'une multitude d'autres choses. Tout cela peut-il s'évanouir complètement, pour que souffle enfin un vent de fraîcheur et de renouveau, de sorte que le cerveau soit libre et puisse alors avoir avec l'esprit des rapports tout à fait différents ? Cela suppose que l'on n'ait plus en soi la plus petite trace d'ego. Mais faire en sorte que le « moi » n'ait plus ses entrées nulle part est une tâche des plus ardues. L'ego se cache partout, sous chaque pierre, sous des masques divers : il a le visage de la compassion, quand je pars pour l'Inde porter aide et assistance aux pauvres, parce que l'ego est attaché à une idée, à une foi, à une conclusion, ce qui me rend compatissant par amour pour Jésus ou Krishna — et cela m'ouvre les portes du ciel. L'ego a mille visages, mille masques — le masque de celui qui médite, de celui qui est parvenu aux plus hauts sommets, qui a atteint l'illumination, le masque qui me permet de dire : « Je sais de quoi je parle. » Cet intérêt soudain envers l'humanité n'est rien d'autre qu'un masque de plus. Pour découvrir où s'embusque l'ego, il faut avoir un esprit exceptionnel, à la fois vif et subtil. La découverte requiert une immense attention, une observation et une vigilance sans faille et sans relâche. Or vous n'avez pas envie de faire cela. Vous êtes sans doute tous trop paresseux ou trop vieux, alors vous dites : « Pour l'amour du ciel, laissez-moi tranquille, tout cela n'est que peine perdue. » Mais si l'on veut vraiment aller au fond des choses, il faut guetter, avec des yeux d'aigle, le plus petit élan de la pensée, la moindre réaction, de sorte que le cerveau échappe à son conditionnement. L'orateur parle en son nom propre, pas au nom de qui que ce soit d'autre. Peut-être se ment-il à lui-même, peut-être prétend-il être ce qu'il n'est pas — vous comprenez ? Peut-être... vous n'en savez rien. Par conséquent, faites preuve d'un grand scepticisme, doutez, remettez toute chose en question, et n'acquiescez pas à ce que disent les autres.

La dégénérescence du cerveau cesse quand cesse son conditionnement. En vieillissant — vous n'êtes peut-être pas concerné, pourtant nous devenons tous de plus en plus vieux —, le cerveau commence à s'user, on perd la mémoire, le comportement devient bizarre — vous savez tout cela. La dégénérescence n'est pas une exclusivité américaine : la dégénérescence, c'est d'abord dans le cerveau qu'elle se situe. Lorsque le cerveau est entièrement libéré de l'ego, et qu'il n'est donc plus conditionné, on peut alors demander : qu'est-ce que l'esprit ?

Les anciens hindous ont inlassablement exploré l'esprit, et émis diverses conclusions à son sujet. Balayons toute hypothèse, toute dépendance envers un autre — si anciennes que soient leur influence, sa tradition —, et demandons-nous : qu'est-ce que l'esprit ?

*
* *

Notre cerveau est perpétuellement en conflit, il est donc le désordre même. Un tel cerveau ne peut pas comprendre ce qu'est l'esprit. L'esprit — pas *mon* esprit — *l'esprit*, celui qui a créé l'univers, qui a créé la cellule, l'esprit qui est pure énergie et pure intelligence, cet esprit ne peut entrer en relation avec le cerveau que lorsque celui-ci est libre ; si le cerveau est conditionné, toute relation avec l'esprit est exclue. Mais rien ne vous oblige à croire tout cela. L'intelligence est l'essence même de cet esprit — elle n'a rien à voir avec l'intelligence de la pensée, avec l'intelligence du désordre. Cet esprit est ordre pur, il est pure intelligence et, par conséquent, pure compassion. Et il entre en contact avec le cerveau dès lors que celui-ci est libre.

En ce moment même, êtes-vous à votre propre écoute, ou vous contentez-vous de n'écouter que moi ? Ou faites-vous les deux à la fois ? Êtes-vous attentif à vos propres réactions, à la façon dont fonctionne votre cerveau ? C'est-à-dire par action et réaction, dans un va-et-vient perpétuel qui nous empêche d'écouter. Pour écouter vraiment, il faut que ce mouvement d'action et de réaction cesse : on est alors dans l'écoute pure. Regardez la mer : elle est constamment en mouvement. La marée monte, puis elle redescend : telle est l'action de la mer. Les êtres humains sont eux aussi pris dans ce flux d'action et de réaction. Une réaction en moi en déclenche une autre, et le va-et-vient continue. Ce mouvement fait que, bien évidemment, toute tranquillité est exclue. Or ce n'est que dans le calme et le silence que l'on peut entendre la vérité ou la fausseté des choses, pas quand on est ballotté dans un va-et-vient perpétuel. Voyez au moins les faits, ne serait-ce que d'un point de vue purement intellectuel, logique : ce mouvement perpétuel rend toute écoute impossible. Comment écouter dans de telles conditions ! Vous ne pouvez le faire que si le silence est absolu. Vous comprenez ? Voyez la logique de tout cela. Peut-on faire cesser ce mouvement de va-et-vient ? L'orateur affirme que la chose est possible dès lors qu'on a su s'étudier soi-même, explorer jusqu'au plus profond de soi — si l'on a su se comprendre soi-même : on peut dire alors que ce mouvement a véritablement cessé.

Notre interlocuteur pose cette question : compte tenu du fait que l'esprit n'est pas enclos dans le cerveau lui-même, mais est extérieur à celui-ci, comment la perception, qui n'intervient que lorsque la pensée est inactive, peut-elle engendrer une mutation des cellules cérébrales, qui, elles, procèdent de la matière ?

Surtout, ne compliquez pas les choses. L'un de nos problèmes, en effet, est de ne jamais savoir considérer de manière très simple un phénomène complexe. La question posée est extrêmement complexe, mais pour pouvoir comprendre un problème très vaste, il faut l'aborder de manière très simple. Commençons donc très simplement. La tradition fait que vous avez suivi une certaine voie religieuse, économique, sociale et morale, etc. — bref, toute votre existence a été orientée dans une certaine direction. Supposons que j'aie vécu de la sorte. Et voilà que quelqu'un vient me dire : « Vous êtes sur une voie sans issue, d'autres problèmes vous attendent, jamais vous ne cesserez de vous entre-tuer, et vous allez au-devant d'énormes difficultés économiques. » Cet homme me donne des arguments logiques, des exemples, etc. Mais moi, je dis : « Non, désolé, mais telle est ma façon d'agir. » Et je continue imperturbablement. C'est ce que font la plupart des gens, quatre-vingt-dix pour cent d'entre eux poursuivent leur trajectoire, y compris les gourous, y compris les philosophes, y compris les nouveaux élus de la réussite ou de l'illumination. Et vous venez leur dire : « Attention, cette voie est dangereuse, n'allez pas par là. Tournez bride et prenez une autre direction. » Vous réussissez à me convaincre, grâce à une argumentation saine, logique, raisonnable : je m'écarte de ce chemin et je prends une tout autre direction. Que s'est-il donc passé ? J'avais suivi toute ma vie une direction donnée, et voici que vous me dites : « N'y allez pas, c'est dangereux, cela ne vous mènera nulle part, sinon à un surcroît d'ennuis, de souffrances et de problèmes. Prenez un autre cap, et tout sera différent. » J'adhère à votre saine logique, à vos arguments sensés, et je prends un autre cap. Qu'est-il arrivé entre-temps au cerveau ? Raisonnons simplement. Ce changement d'orientation, ce départ soudain dans une nouvelle direction ont eu pour effet de changer le cœur même des cellules cérébrales. Vous comprenez ? J'ai brisé la tradition. C'est aussi simple que cela. Mais la tradition est si forte, mon existence est si profondément ancrée dans la tradition ! Et vous, vous me demandez de faire des choses contre lesquelles je m'insurge, donc je n'écoute pas. Ou au contraire, j'écoute, afin de savoir si ce que vous dites est vrai ou faux. Je veux en avoir le cœur net, donc j'écoute avec le plus grand sérieux, j'écoute de tout mon être, et je constate que vous êtes tout à fait dans le vrai. J'ai bougé — d'accord ? Et ce mouvement s'accompagne d'un changement au sein des cellules du cerveau. C'est aussi simple que cela.

Supposons que je sois un catholique ou un hindou pratiquant, et voilà que vous venez me dire : « Ne soyez donc pas si bête, tout cela n'est qu'un tissu d'âneries. Ce n'est rien d'autre qu'une tradition, rien d'autre que des mots sans grande signification, même s'ils se sont chargés de sens avec le temps. » Vous comprenez ? Vous attirez mon attention sur toutes ces choses, et je vois que ce que vous dites est la vérité : cela me fait bouger, et je me libère de ce conditionnement, il y a donc un changement, une mutation au sein du cerveau. Prenons un autre exemple. J'ai été habitué dès la plus tendre enfance — comme nous le sommes tous — à vivre avec la peur. La peur — non seulement la crainte de *quelque chose,* mais une peur intrinsèque — fait partie de notre éducation. Vous me dites que cette peur peut prendre fin, je vous réponds instinctivement : « Prouvez-le-moi, partons ensemble à la découverte. » Je veux savoir si ce que vous dites est vrai ou faux, je veux savoir si la peur peut réellement être abolie. Je passe donc un certain temps en votre compagnie, je discute avec vous, j'ai envie de savoir, d'apprendre, mon cerveau s'active à découvrir les choses par lui-même plutôt qu'à suivre servilement des directives. Dès l'instant où je commence à m'enquérir, à travailler, à regarder, à observer tout le processus de la peur, alors soit j'accepte la situation — et je constate que, en définitive, j'aime vivre dans la peur —, soit je m'en écarte. Lorsqu'on saisit cela, un changement s'opère au sein des cellules du cerveau.

C'est si simple — si vous pouviez seulement regarder les faits d'une manière toute simple. Disons, pour les compliquer un peu, que ni l'effort, ni la volonté, ni un quelconque objectif ne sont à l'origine de la mutation qui intervient dans les cellules cérébrales lorsque intervient la perception. La véritable perception, c'est une observation sans l'ombre d'un mouvement de la pensée, c'est le silence absolu de la mémoire — cette mémoire qui n'est autre que le temps et la pensée. Il faut regarder en faisant abstraction du passé. Essayez. Regardez l'orateur sans tenir compte de tous les souvenirs que vous avez accumulés à son sujet. Observez-le, ou observez votre père, votre mère, votre mari, votre femme, votre petite amie, etc. — peu importe l'objet —, observez sans faire revivre les souvenirs passés, les anciennes blessures, la culpabilité. Ne faites rien d'autre qu'observer. Lorsqu'on observe ainsi, sans aucun préjugé, on est alors délivré du passé.

EXTRAIT DE *UN MONDE DE PAIX*[1]
BROCKWOOD PARK, LE 30 AOÛT 1983

Nous disons simplement ceci : il est des domaines où la pensée est nécessaire, d'autres où elle ne l'est pas. Il faut énormément d'observation, d'attention et d'amour pour découvrir ces domaines où la pensée n'a pas lieu d'être. Comprenez-vous ? Mais nous sommes si pressés, si impatients du résultat, comme lorsqu'on prend un comprimé contre le mal de tête — sans jamais chercher à en connaître la cause...

1. Ouvrage non traduit en français. Titre original : *The World of Peace*. *(N.d.T.)*

Brockwood Park, le 25 août 1984

L'orateur est-il en train de vous raconter des histoires ? Ou ne fait-il que constater et décrire les faits ? Le fait, notamment, qu'il n'y a pas d'amour. L'amour, on peut toujours en parler, le dire d'une femme : « Je l'aime tant. » — Vous connaissez très bien toutes ces choses-là, bien que, dans cet amour-là, de la dépendance, de l'attachement, de la peur, de l'insécurité, une solitude qui va croissant, bref, tout l'entourage des relations humaines avec ses souffrances et ce sentiment de peur, d'abandon, de désespoir, de détresse. Comment tout cela peut-il cesser afin que nos relations avec les autres, les relations entre hommes et femmes, soient de vraies relations ? Se connaître les uns les autres ? Écoutez la réponse ? Regardez, regardez les choses en face, méditez la situation. Le conjoint ou la femme — qu'est-ce que cela signifie ? Lorsque vous dites : « Je la connais, c'est ma femme » (ou ma petite amie ou quelqu'un d'autre), que voulez-vous dire ? C'est pour le plaisir et la douleur, ce sont l'angoisse, la jalousie, les conflits, entre-

Brockwood Park, le 25 août 1984

L'orateur est-il en train de vous raconter des histoires ? Ou ne fait-il que constater et décrire les faits ? Les faits étant qu'il n'y a pas d'amour. L'amour, on peut toujours en parler, et dire d'une femme : « Je l'aime tant ! » — vous connaissez très bien toutes ces choses-là. Il entre dans cet amour-là de la dépendance, de l'attachement, de la peur, de l'antagonisme, une jalousie qui va croissant, bref, tout l'engrenage des relations humaines, avec ses souffrances, et ce sentiment de peur, d'abandon, de désespoir, de détresse. Comment tout cela peut-il cesser, afin que nos relations avec les autres, les relations entre hommes et femmes, soient de vraies relations ? Se connaître les uns les autres — serait-ce la réponse ? Regardez vraiment les choses en face, méditez la question. Je connais ma femme — qu'est-ce que cela signifie ? Lorsque vous dites : « Je la connais, c'est ma femme » (ou ma petite amie, ou qui que ce soit d'autre), que voulez-vous dire ? C'est tout le plaisir et la douleur, ce sont l'angoisse, la jalousie, les conflits, entrecoupés de brefs éclairs de tendresse, que vous évoquez avec ces mots. Tout cela fait-il vraiment partie de l'amour ? L'attachement, est-ce de l'amour ? Ces questions que je pose, creusez-les, cherchez et trouvez. On tient à sa femme : ce genre d'attachement est phénoménal. Mais que sous-entend-il ? Je suis incapable de m'assumer seul, et voilà pourquoi je ne peux faire autrement que d'être dépendant d'autrui — que ce soit d'une épouse, d'un mari, d'un psychiatre ou d'un gourou — avec toutes les horreurs que cela suppose ! Quand l'attachement est là, il va de pair avec la crainte de perdre l'autre et un profond sentiment de possessivité, qui engendrent la peur. Mais vous savez tout cela.

Sommes-nous capables de regarder en face notre relation telle qu'elle est dans les faits, et de découvrir où est la juste place de la pensée dans toute relation ? Comme nous l'avons dit, la pensée est limitée — c'est un fait. Si la pensée joue un rôle prépondérant dans nos relations, cela a un effet limitatif, les relations que nous avons les uns avec les autres sont donc limitées, et sont inévitablement source de conflits. Le conflit qui oppose les Arabes et les Israéliens est dû au fait que chacun des deux camps s'accroche au conditionnement qui lui est propre, ce qui équivaut à obéir à un programme : chaque être humain est programmé comme un ordinateur. Je sais que cela semble cruel, pourtant c'est un fait. Lorsqu'on vous répète dès la plus tendre enfance que vous êtes indien, que vous appartenez à une certaine catégorie sociale ou religieuse, cela vous conditionne, et vous serez indien — ou britannique, français, allemand, russe, ou que sais-je encore ? — pour le restant de votre vie. Voilà la situation.

C'est ainsi que nos relations, qui devraient être un des aspects les plus merveilleux de notre existence, en sont l'un des plus beaux gâchis. Nous gaspillons notre vie au fil de nos relations. Dès que vous verrez qu'il s'agit bel et bien d'un fait, soyez-y attentif, autrement dit comprenez en profondeur la nature de la pensée et du temps — qui n'ont rien à voir avec l'amour. La pensée et le temps sont un mouvement qui se situe dans le cerveau. Et l'amour se situe en dehors du cerveau. Explorez ce terrain avec la plus grande prudence, car cet organe qui occupe notre boîte crânienne est très important, tout comme le sont son mode de fonctionnement, ses blocages, ainsi que leurs origines, les raisons pour lesquelles il est limité, la cause de cet incessant bavardage mental où une pensée chasse l'autre, la source de cette cascade d'associations, de réactions, de réponses, l'origine de cette vaste réserve qu'est la mémoire — mémoire qui de toute évidence n'est pas l'amour. L'amour ne peut donc pas se situer, ne se situe pas à l'intérieur du cerveau, dans notre crâne. Et quand notre existence se réduit aux dimensions de cet habitacle exigu, et qu'on passe tous les jours de sa vie à penser, à penser sans cesse, à traiter un problème après l'autre, ce qui revient à vivre dans un cadre limité, cela engendre inévitablement le conflit et le malheur.

EXTRAIT DE *UN ESPRIT HORS MESURE*[1]
MADRAS, LE 2 JANVIER 1983

Qu'est-ce que la compassion ? La question n'a rien à voir avec la définition du dictionnaire. Quelle relation y a-t-il entre l'amour et la compassion ? Se confondent-ils en un même processus ? L'emploi du mot « relation » sous-entend une dualité, une séparation : quel rôle exact joue l'amour dans la compassion ? N'est-il pas en fait la plus haute expression de la compassion ? Telles sont les questions que nous nous posons. Comment pouvez-vous être compatissant si vous appartenez à une religion, si vous suivez un gourou, si vous êtes croyant, si vous avez foi en vos saintes écritures, etc., si vous êtes attaché à des idées toutes faites ? Lorsqu'on est disciple d'un gourou, on a déjà ses conclusions ; si l'on croit fermement en Dieu, en un sauveur, ou en telle ou telle chose, la compassion peut-elle exister ? Certes, vous pouvez vous rendre sociale-

1. Ouvrage non traduit en français. Titre original : *Mind without Measure. (N.d.T)*

ment utile, secourir les pauvres par pitié, par solidarité, par charité, mais est-ce bien de l'amour, de la compassion ? Comprendre la nature de l'amour, être dans cet état où le cœur est habité par l'esprit, c'est cela, l'intelligence. *L'intelligence consiste à comprendre ou à découvrir ce qu'est l'amour. L'intelligence n'a absolument rien à voir avec la pensée, avec l'aptitude intellectuelle, avec le savoir.* Vous pouvez faire preuve de grandes capacités dans vos études, dans votre travail, être capable d'argumenter de manière très habile, très logique, mais ce n'est pas cela, l'intelligence. L'intelligence va de pair avec l'amour et la compassion, et il est impossible de faire la rencontre de cette intelligence à titre individuel. La compassion, ce n'est ni *votre* compassion, ni la *mienne*, et la pensée non plus ne nous appartient pas, ni à vous ni à moi. Lorsque l'intelligence est là, il n'y a plus ni de « vous » ni de « moi ». Elle ne réside ni dans votre esprit ni dans votre cœur. Cette intelligence suprême est partout. C'est elle qui fait tourner la terre, le ciel et les étoiles, car c'est cela la compassion.

SOURCES

Extrait du compte rendu de la causerie publique du 23 juillet 1950 à Seattle, in *The Collected Works of J. Krishnamurti*, vol. VI, copyright © 1991, The Krishnamurti Foundation of America.

Extrait du compte rendu de la causerie publique du 7 avril 1952 à Londres, in *The Collected Works of J. Krishnamurti,* vol. VI, copyright © 1991, The Krishnamurti Foundation of America.

Extrait du compte rendu de la causerie publique du 23 janvier 1955 à Rajghat, in *The Collected Works of J. Krishnamurti*, vol. VIII, copyright © 1991, The Krishnamurti Foundation of America.

Extrait du compte rendu de la causerie publique du 6 février 1955 à Rajghat, in *The Collected Works of J. Krishnamurti*, vol. VIII, copy-

Extrait de l'enregistrement de la causerie publique du 18 juillet 1972 à Saanen, copyright © 1972/1993, Krishnamurti Foundation Trust Ltd.

Extrait de l'enregistrement de la causerie publique du 20 juillet 1972 à Saanen, copyright © 1972/1993, Krishnamurti Foundation Trust Ltd.

Extrait de l'enregistrement de la causerie publique du 9 septembre 1972 à Brockwood Park, copyright © 1972/1993, Krishnamurti Foundation Trust Ltd.

Extrait de l'enregistrement de la causerie publique du 15 juillet 1973 à Saanen, copyright © 1973/1993, Krishnamurti Foundation Trust Ltd.

Extrait de *Réponses sur l'éducation*, © Stock 1982, © Editions Christian de Bartillat 1991. Titre original : *Krishnamurti on Education*, copyright © 1974, Krishnamurti Foundation Trust Ltd.

Extrait de l'enregistrement de la causerie publique du 28 juillet 1974 à Saanen, copyright © 1974/1993, Krishnamurti Foundation Trust Ltd.

Extrait de l'enregistrement de la causerie publique du 24 juillet 1975 à Saanen, copyright

Table

Du même auteur :

Aux Editions Stock
Se libérer du connu
La Révolution du silence
La Première et Dernière Liberté
Aux étudiants
L'Eveil de l'intelligence
Tradition et Révolution
Le Livre de la méditation et de la vie
A propos de Dieu
De l'amour et de la solitude
Krishnamurti en questions
Les Limites de la pensée (discussions avec le Pr David Bohm)
Cette lumière en nous
De la Vérité

Aux Editions Buchet-Chastel
Commentaires sur la Vie, première série
Commentaires sur la Vie, deuxième série
Commentaires sur la Vie, troisième série
Le Journal de Krishnamurti

Aux Editions Delachaux & Niestlé
Le Vol de l'Aigle
De l'éducation
L'Impossible Question
Le Changement créateur

Aux Editions du Rocher
Questions et Réponses
La Flamme de l'Attention
Le Temps aboli (dialogues avec le Pr David Bohm)
Carnets
Plénitude de la Vie
La Vérité et l'Evénement
De la nature et de l'environnement
De la vie et de la mort
De la liberté
De la relation de l'Homme au monde
Dernier journal

Au Courrier du Livre
Au seuil du silence
De la connaissance de soi
Lettres aux écoles

Aux Editions Adyar
Face à la Vie

Composition réalisée par JOUVE

IMPRIMÉ EN ESPAGNE PAR LIBERDUPLEX
Barcelone
Dépôt légal éditeur : 30731-03/2003
LIBRAIRIE GÉNÉRALE FRANÇAISE - 43, quai de Grenelle - 75015 Paris.

ISBN : 2 - 253 - 15446 - 6 31/5446/5